엄마는 고맙다 했고
나는 안녕이라 했다

엄마는 고맙다 했고
나는 안녕이라 했다

김진태 지음

The 픽앤셀

여는 편지

오랜만에 세탁기를 돌립니다.

너무나 익숙한 일상인데 오늘은 뭔가 빠진 듯 허전하고 뭔가
빈 듯 이상하다는 생각이 자꾸 듭니다.

늘 쓰던 똑같은 구형 통돌이 세탁기이고 초벌 빨래를 한 빨래
를 세탁기에 담아 세제를 넣고 물 높이를 7에 맞추고 시작 버튼
을 누르면 되는데 어떤 과정이 하나 생략된듯해서 잠시 세탁기
속을 내려다봅니다.

지난 10년 동안 통돌이 속에 노모의 내복과 나의 티셔츠와 양
말들이 함께 뒤엉켜 돌아가던 세탁기인데 내가 세탁기를 돌린 이
후 처음으로 내 빨래만 담겨 있는 세탁 통이 낯설게 느껴집니다.

식사 때마다 밥상에 놓인 수저의 짝이 안 맞거나 익숙한 채널
에서 방송되던 프로그램이 갑자기 결방된 듯 뭔가 평범했던 일상
이 비틀린 느낌입니다.

엄마는 고맙다 했고 나는 안녕이라 했다

노모가 뇌경색으로 쓰러져 입원한 이후로 엄마와 함께 살아왔던 10년 동안의 루틴과 패턴이 전혀 다르게 전개가 됩니다.

시작 버튼과 함께 내 빨래만 담긴 세탁기는 정상 작동을 하는데 내 일상의 순회전과 역회전은 자주 오작동을 합니다.

삶은 순탄하지 않거나 무엇이든 없어도 살아갈 수가 있어요.

당장 돈이 없으면 못살 것처럼 절망하지만 없어도 살아갑니다.

당장 이가 없으면 못 먹을 것처럼 안타깝지만 이가 없어도 숨을 쉬며 무난하게 살아가요.

엄마의 병실에는 당장 숨이 끊어지면 세상을 떠나야 하는 환자들이 이승과 저승 사이에서 숨의 끝을 붙잡고 누워 있어요. 이분들은 숨만 가지고 있으면 됩니다.

우리가 너무 쉽게 쉬고 있는 숨이 이분들에겐 생과 사를 오가는 절벽이 되기도 해요.

친구가 많든 적든, 배움과 돈이 많든 적든 간에 여기 누워 있는 분들은 그게 조금도 중요하지 않아요. 안정된 산소 포화도와 혈압이 규칙적으로 심장을 움직이고 숨결을 불어 넣고 내뱉는 것 외엔 중요한 게 하나도 없어요.

식물의 광합성처럼 매우 단순하지만 매우 소중한 작용이, 고요한 병실에서 간절하고 치열하게 반복되고 있는데 병실에 누워있는 엄마에게 내가 해드릴 수 있는 게 아무것도 없어요.

나는 마음껏 숨을 쉬고 있는데 엄마에게 해줄 수 있는 건 아무것도 없어서 하루하루 기억을 잃어가는 엄마가 나를 점점 더 잊기 전에 할 말을 다 하고 싶어서 하루에 한 통씩 엄마에게 보내는 편지를 써요.

친애하는 엄마에게!

차례

[여는 편지] ·04

1부 우리가 발라먹은 생선 같은 엄마

생선 가시 같은 ·14

삶은 계속되고 ·18

인생의 갓길 ·22

기억 냉장고 ·26

14살 소녀 ·32

어머니와 새우깡 ·35

닭 잡던 날 ·39

영춘화 ·44

내 삶의 밑줄 ·49

숨은그림찾기 ·53

슬픔의 힘 ·57

꿀꺽 ·60

내가 갈까 ·64

맞장구와 추임새 ·68

박치기왕 ·72

엄마는 고맙다 했고 나는 안녕이라 했다

젖꼭지 ·76

흥정의 여왕 ·80

평상 마루 ·84

산비둘기 ·88

눈물이 왜 터진 건지 ·92

엄마의 부엌 ·96

여름방학 ·100

모기장 ·103

희망 사항 ·107

고요하고 적막하게 ·112

2부 엄마의 몸에서 햇볕 냄새가 나요

빨래 같은 엄마 ·118

말 없는 말 ·121

만지고 싶은 것 ·124

96번째 벚꽃 ·126

웃음 ·131

아침이슬 ·134

바다 ·138

사소한 즐거움 ·142

진통제 ·145

사라진다 ·149

강변 살자 ·152

교통사고 ·157

개구리 소리 ·163

측은지심 ·167

다시 여름 ·170

연필 ·174

지상렬 ·177

김마리아 ·182

순근이 ·187

3부 낙원과 천국 사이의 엄마

낙원 여인숙 ·194

빈 침대 ·198

불쌍해서 그래 ·201

일흔 즈음 ·204

아버지의 시계 ·208

손이 닿지 않는 등 ·213

짜증 ·216

먼발치 ·219

빈 병 ·222

극장 ·226

틀니 ·231

마음 ·234

영정사진 ·236

갓 지은 슬픔 ·242

맹장 같은 그리움 ·245

황혼 ·248

친애하는 아버지 ·252

유언 ·256

임종 면회 ·261

다음 생 ·265

채비 ·269

꽃다운 엄마 ·272

[닫는 편지] ·276

1부

우리가 발라먹은
생선 같은 엄마

생선 가시 같은

처음 병원에 입원했을 때만 해도 엄마의 종아리가

날씬한 단무지 무 정도는 되던 굵기였는데

지금은 엄마의 종아리가 옥수수 대만큼 가늘어졌어요.

아마 고춧대만큼 더 가늘어질 수도 있어요.

등을 만지면 어깻죽지에서 날개가 솟을 것 같고

척추 뼈는 단추처럼 개수를 셀 수가 있어요.

근육이 다 빠져나가서 물컹한 팔다리를 주무르다 보면 솜사탕

속에 박혀 있는 막대기 같은 뼈가 만져져요.

뼈와 뼈 사이의 연골도 만져지고 관절을 힘겹게 붙잡고 있는

인대도 만져져요.

내가 잠깐 딴생각을 하고 힘 조절을 잘 못하고 주무르다 보면

솜사탕의 막대기 같은 뼈가 부러질 것처럼 불안하고 위태해요.

엄마의 몸속에서 매일매일 모래시계처럼

작은 통로를 타고 숨이 한 줌씩 빠져나가고 있는 것을 나도 매

일 매일 느껴요.

몸이 기억하는 엄마의 평생 추억들이

들숨과 날숨을 타고 몸을 빠져나가고 있는 게 매일 느껴져요.

그래서 결국 기억의 책상 서랍 속에도 엄마의 몸속에도 아무것

도 남아있지 않아서 깃털처럼 가볍게 공중으로 흩어지겠구나!

하는 두려움이 있어요.

엄마!!

병상에 누워있는 엄마를 보고 있으면

우리가 발라 먹은 생선 같다는 생각이 들어요.

살 한 점 없는 가시를 드러내고 밥상 위에 적나라하게 누워 있는

생선 가시처럼 무방비 상태로 엄마는 평생을 발라졌어요.

기꺼이 우리의 더운밥이 되어 주셨고

꼬숩고 매콤한 반찬이 되어 우리의 허기를 달래주셨는데

나는 아무것도 달래 드릴 수가 없네요.

그래서 아무것도 해드릴 게 없어서 편지를 써요.

편지 한 통이 든든한 고봉밥이 될 수도 없고

편지 한 통이 간절한 물 한 모금도 되지 못하지만

엄마는 고맙다 했고 나는 안녕이라 했다

아무것도 해드릴 게 없어서 엄마 머리맡에 앉아 보내지도 못하고
할 말만 무성한 편지를 써요.
생선 가시처럼 늘 목에 걸리는 엄마에게.

삶은 계속되고

엄마!!

　내가 국민학교 저학년 여름방학 때 곰방대 냄새가 배어 있고,
들창문 밖으로 탱자나무 울타리가 보이던 할머니 방에서 할머니가
돌아가시고 할머니를 수의로 꽁꽁 싸매는 걸 보았어요.
　그리고 몇 년 후에 혼자 계시던 할아버지가 돌아가셨고
　일만이오 이만이오 하면서, 할아버지 입에 쌀을 넣으며
　저승길 노잣돈 하시라며 염을 하는 것도 보았어요.
　그리고 또 몇 년 후에는 하나밖에 안 계신 꽃 같은 형님의 죽음
을 보았고, 형님이 타시던 자전거를 내가 물려받는데
　자전거뿐만이 아니라 장남의 자리까지 물려받았다는 것도 알았
어요.
　그리고 가장 정확하게 알았던 건
　아들을 앞세워 떠나보내고 가슴에 아들을 묻은 어미의 심정이
란 게 이런 거란 걸

평생 엄마를 보면서 뼈저리게 알았어요.

그리고 또 몇 년 후엔 이 모든 걸 묵묵히 지켜보신

아버지가 쓰러지시고 온몸에 주삿바늘을 꽂고 삽관을 하고
중환자실에 누워 계실 때

생사를 오가는 아버지와 필담을 나누며

이승에서의 마지막 길을 함께 하기도 했었지요.

엄마가 슬퍼하실까 봐 차마 말씀은 드리지 못했지만,

아버지가 떨리는 손으로 마지막에 쓴 글자는

'집에 가고 싶어'였어요.

그리고 엄마에게 꼭 하고 싶었던 말이 있었는지

힘없는 글씨로 몇 번이나 '여보'라고 쓰기도 했던

다정한 지아비이기도 하셨지요.

내가 젊었을 때 젖비린내 나는 시련을 겪기도 했을 때

엄마가 나한테 그러셨지요,

'양지가 음지 되고 음지가 양지 되는 겨!!'

지금이야 마음이 아프겠지만 세상사 다 돌고 도는 거고 별거 아
니라는 말씀이었는데,

극한 시련뿐만 아니라 인생을 살아오면서 굽이굽이 힘들 때마
다 딱 맞는 말씀이었어요.

반평생이 넘는 세월을 살면서 세상사를 겪을 대로
겪으면서 죽을 만큼 힘든 시절도 있었지만
그래도 삶은 계속되더라고요.
삶은 내가 어쩔 수 있는 게 아니라
누군가 내 삶의 멱살을 쥐고 있다는 생각이 들어요.
이제 더 아플 게 남아 있을까 싶어요.
엄마가 병상에 누워 생사를 오가는데 더 아플 게 또 남아 있을
까요?
그렇다면 또 기꺼이 아파해야겠지요.
아프고 아파도 아파해도 어차피 삶은 계속될 테니까요.

인생의 갓길

119에 실려서 병원 응급실에 온 날

나도 놀랐지만, 엄마도 많이 놀라셨겠지요.

당신의 몸 안에 무슨 일이 벌어진 건지 알 수가 없었으니까요.

어느 날 갑자기 왼손이 움직이지 않고

왼발에 힘이 풀리고 발이 꼬이듯이 혀가 꼬이고

날씨도 흐렸는데 정신도 흐린 그런 날이 갑자기 닥쳤으니

얼마나 당황스러웠을까요.

단 몇 시간 만에 뇌경색 판정을 받고

평상복에서 환자복으로 갈아입고 하루아침에 일상이 바뀌었어요.

군대에 가던 날 평상복을 입고 입대를 했는데

군복으로 환복하고 나니 갑자기 장정에서 군인으로 신분이 전환된 것처럼

엄마는 그렇게 영영 환자가 되었어요.

아마 다시는 꽃무늬 셔츠도 땡땡이 치마도 못 입을지 몰라요.
삶은 어디로 흐를지 알 수 없어요.

어느 날 갑자기 하루아침에 일어난 교통사고처럼
갑자기 일상이 바뀌었지요.
뇌경색은 몸 안에서 일어나는 교통사고예요.
차가 막히는 어느 교차로에서 추돌 사고가 나듯
혈행이 순조롭지 않고 막혀서 나는 사고인데
사고 전과 사고 후의 일상이 완전히 달라져요.
인생의 길 위에서 교통사고는 언제든 일어날 수 있어요.

내가 아무리 운전을 똑바로 하고 방어 운전을 한다 해도
예기치 못한 차선에서 차가 달려들고 대형 사고로 이어지기도 해요.
교통사고가 나면, 2차 사고 3차 사고로 이어지기 전에
신속하게 갓길로 대피해야 한다고 하는데
지금 엄마의 갓길은 어디이고 어디로 대피해야 할까요.

대체 갓길이 있기는 있는 것일까요?

기
억

냉
장
고

우리 집 최초의 냉장고는 마당에 있던 우물이었지요.

우물에 김치며 수박이며 광주리에 매달아서 넣어놨었잖아요.

우물가에 장독대가 있었고, 장독대 주변으로

함박꽃이며 맨드라미며 사루비아가 피어 있었잖아요.

우물이 얼마나 깊었는지 우물에 비친 하늘도 시커멓게 보일 정

도였어요.

우물이 깊으니, 두레박줄도 길어서

도르래가 없으면 한 바가지 물도 길어 올리기가 힘들었는데,

우물이 깊어서인지 물맛도 깊고 시원했던 생각이 나요.

한여름에 우물물 한 바가지를 길어서 머리에 부으면

머리털이 쭈뼛쭈뼛 설 정도로 차가웠잖아요.

그 물로 등목을 하면 오장육부까지 시원하다고 아버지도 그러

셨잖아요.

그리고 세상이 발전한 건지 집안 살림이 핀 건지

아버지가 우리 집에 아이스박스라는 걸 들여놓았어요.

커다란 스티로폼 박스였는데 얼음 가게에 가서

톱으로 쓱싹 썰어서 파는 얼음을 사다 넣으면 우물물에 매달아

담가놓은 것보다 열무김치가 더 시원했는데,

얼음이 다 녹아서 얼음 가게 아저씨한테 달려가면

짐 자전거로 얼음을 실어다 주던 생각이 나요.

그 아저씨는 매일 짐 자전거를 타서 그런지 종아리에 야구공이

박혀 있는 것 같았어요.

우리 식구가 일요일이면 자주 칼국수를 해 먹었는데

칼국수 심부름도 내가 했었잖아요.

얼음 가게 옆이 국숫집이었는데 국숫가락을 뽑아서 공터에서

말리는 풍경이 광목을 널어놓은 것 같았던 생각도 나고요,

갑자기 소나기가 내리며 후닥닥 국숫가락을 걷던 생각도 나네요.

얼음 심부름을 하던 칼국수 심부름을 하던 심부름하고 남은

거스름돈을 아버지께 가져다드리면 항상 잔돈은 가져라고

하셔서 심부름을 기다리기도 했었어요.

그렇게 아이스박스의 여름이 몇 해 더 지나고 나서

드디어 지금 같은 모양의 전기냉장고가 세상에 나왔는데

그때 금성인가 대우인가에서 나온 냉장고를 집에 들여놨을 때

얼음 가게에 갈 필요가 없이 집에서도 얼음을 얼려서 만든다는
게 너무너무 신기했었잖아요.

얼음을 얼려서 온 가족이 마루에 모여 앉아서

수박화채를 만들어 먹던 생각이 나요.

어저께 있었던 일처럼 너무나 생생하게 기억나요.

엄마도 기억날까요? 분명히 기억날 거예요.

뇌경색의 치매가 시작되면 가까운 기억부터 잊힌다고 하잖아요.

뇌경색으로 쓰러졌던 제일 가까운 기억부터 빨리 잊으시고

아버지를 처음 만났을 때 배구를 했었다는 즐거웠던 기억이나

아버지와 하와이에 갔었는데 세상천지에 꽃향기가 날아다녀서
그곳이 천국 같았다는 추억,

그리고 막내아들이 군대 갔을 때 제 여자 친구와 함께 강원도 철
원까지 면회를 오셨었잖아요.

외박을 나와서 여관방을 잡았는데 비좁은 여관방에서 엄마가
가운데에서 보초병처럼 누우시고

여자 친구는 벽 쪽으로 나는 방문 쪽으로 누워서 잠을 잤었잖아요.

먼 길을 오신 엄마는 고르게 코를 골고 주무시는데

엄마의 코 고는 소리와

여자 친구의 숨소리와

방안 어디선가 울던 귀뚜라미 소리까지…

삼중주 소리도 생생해요.

엄마,

그때의 그 깊은 우물처럼

벽돌만 한 사각 얼음을 사다 넣었던 스티로폼 아이스박스처럼

집에서 얼음을 얼려 먹던 원투 제로 냉장고처럼

엄마의 기억도 생생하게 보관해 놓은 기억 저장 냉장고가 있으면 좋겠어요.

언제나 냉장고를 열어서 추억의 칸을 더듬어보면

기억하고 싶은 엄마의 추억을 잊지 않고

언제나 싱싱하게 꺼내볼 수 있게요.

엄마의 유년 시절도 소녀 시절도

칸 칸마다 단정하게 수납된 그런 냉장고요.

엄마 오늘은 또 어떤 기억을 잊으셨나요?

하나씩 하나씩 잊으셔도 내 이름은 오래오래 잊지 마세요.

혹시나 어느 날 아차 내 이름을 잊는 것까진 좋아요.

하지만 엄마가 내 손이 참 따뜻하다고 했던 손길은 절대로 잊지
마세요.

그래야 먼 길을 떠나실 때 내가 엄마 손을 잡고 있으면

아들이 손을 잡고 있다는 걸 금방 아실 수 있잖아요.

또 봐요. 엄마.

14살 소녀

그런 비구름이 있어요.

비가 흠뻑 담겨 있어서

하얀 풍선에 수돗물을 가득 채운 것 같은 구름이 있어요.

그런 비구름이 기우뚱기우뚱 찰랑찰랑 위태하게 흘러 다니다가

어느 산꼭대기의 키 큰 낙엽송이나 자작나무 가지에 비구름의

소매가 스치기라도 하면

구름 속에 품었던 빗물이 급기야 왈칵 쏟아지고야 마는

그런 먹장구름이 있어요.

그런 먹장구름 같은 하루도 있어요.

가슴속에 비를 가득 품은 비구름 같은 하루는

어느 산을 넘다가 산꼭대기에 구름 끝이 살짝 닿기만 해도

폭우처럼 눈물이 왈칵 쏟아지고야 마는

그런 먹장구름 같은 하루가 있어요.

엄마는 오늘도 힘겹게 호박죽 한 모금을 겨우겨우 넘기시고

종이처럼 창백하게 누워계시다가

호박죽 한 모금만큼의 목소리로 힘겹게 말을 뱉어냅니다.

"고마워."

뭐가 그리 고마우실까요?

고맙다는 말이 자꾸 목젖에 걸립니다.

96세 소녀인 엄마는 "나이가 몇 살이세요?" 의사가 묻는 말에

14살이라고 하셨고,

주소를 말씀해 보라는 질문엔

부여군 양화면 입포리 14살 소녀 시절에 살던

고향 집 주소를 말했어요.

96세 엄마의 몸속에 14살 소녀가 살고 있어요.

폭우처럼 눈물이 왈칵 쏟아지고야 마는

먹장구름 같은 하루, 그런 하루가 있어요.

어머니와 새우깡

산울림이란 가수가 있는데 엄마도 알아요?

주옥같은 노래를 많이 남긴 산울림의 멤버 김창완 님이 부른 노래 중에 '어머니와 고등어'란 노래가 있어요.

한밤중에 목이 말라 냉장고를 열어보니

어머니가 소금에 절여놓은 고등어가 있더라는 가사인데,

이 노래를 들을 때마다 나는 어머니와 새우깡이 생각나요.

1971년도에 새우깡이 출시되었을 때

동네 꼬맹이들뿐 아니라 어른들 술안주나 간식으로도 인기가 최절정이었는데 동네에 TV가 많지 않았을 때인데도

"손이 가요 손이 가.

새우깡에 손이 가요.

아이 손, 어른 손 자꾸만 손이 가.

언제든지 새우깡, 어디서나 맛있게 누구든지 즐겨요,

농심 새우깡."

새우깡 CM송을 모르는 국민이 없을 정도로

애국가 다음으로 많이 불렀다 해도 과언이 아닐 정도였어요.

어느 화창한 봄날에 봄 소풍을 가기 딱 좋은 봄날이었어요.

햇살이 쏟아지던 마당에 꽃 이름을 제대로 몰라서 함박꽃이라
고 부르던 꽃이 활짝 피었던 봄날,

학교 선생님이셨던 엄마가 봄 소풍을 가는 날이었는데,

당시 아직 미취학 어린이였던 나를 소풍에 데려가 줄 테니

집에서 꼼짝 말고 기다리고 있으라는 거예요.

소풍을 부소산으로 가는데 부소산을 가려면

우리 집 앞을 지나가야 하니까 그때 함께 합류하면 되겠다는 게
엄마의 계획이었던 거죠.

설레는 마음으로 대문 앞에 쪼그리고 앉아 기다리고 기다리는데

엄마가 오지 않아요.

기다리는 게 하도 지루해서 함박꽃잎을 한 장씩 떼기도 하고

붕붕거리는 꿀벌들을 잡기도 하고,

고무신을 접어서 모래 배를 만들기도 하고

혼자 놀 수 있는 모든 걸 총동원해서 시간을 때워봐도

엄마는 오지 않고 이미 점심때도 지나가고 배도 고프기 시작했어요.

소풍을 따라갔으면 지금쯤 칠성사이다와 김밥을 푸짐하게 먹고
도 남았을 시간인데 말이죠.

그런데 마른버짐처럼 건조한 봄바람이 집 앞을 몇 차례 지나갔
을 때 길바닥에 뭔가 떨어진 게 보여서 자세히 들여다봤더니

누군가 흘린 새우깡이었어요.

새우깡이 정확하게 3개가 떨어져 있는데

배가 고픈 소년의 눈엔 가래떡처럼 크고 먹음직해 보였어요.

땅에 떨어진 걸 주워 먹으면 땅 거지라고 놀림을 받을 때였는데

보는 이도 없고 배는 고프고 에라 모르겠다,

그때 흙도 안 털고 주워 먹었던 세 알의 새우깡 맛이 얼마나 황
홀했는지 지금도 생각이 나요.

갑자기 소풍 장소가 변경돼서 엄마는 오지 않고

그날 봄 햇살 속에서 우두커니 앉아서 엄마를 기다리고 기다리
던 내 유년의 어머니와 새우깡 생각이 나요.

닭
잡
던
날

지금은 잘 손질된 닭을 시장이나 마트 어디에 가나 살 수 있지만, 내가 어릴 때만 해도 집에서 닭백숙이라도 해 먹으려면
마당이나 닭장에 있던 닭을 산 채로 잡아야 했잖아요.
집에서 닭을 잡는 게 신기하고 특별한 일이 아니어서
당연하게 닭은 집안의 어른이나 형님들이 잡았었는데
어느 날 저녁에 닭볶음탕을 해 먹기로 했는데
닭을 잡기로 했던 아버지가 약속이 생기셨는지 퇴근이 늦어지시더라고요.
해는 뉘엿뉘엿 넘어가고
마당이 어둡기 전에 마당에 노는 닭을 잡아놔야 엄마가 요리하실 텐데 아버지가 늦어지니까 내가 마음이 급해졌나 봐요.
배는 고픈데 아버지는 안 오시고
그래서 이번엔 내가 닭을 잡아보자는 생각이 들었어요.
그때 내 나이가 막 청소년기에 접어들었을 무렵이라서
팔뚝도 제법 굵어지고 손목에 힘도 제법 생기고 해서

'에라 내가 해보지, 뭐' 그런 배짱이 생기더라고요.

아버지가 닭을 잡을 때 구경을 해본 게 있는데

그리 어렵지 않게 잡는 걸 봐서 그런지 그날따라 왠지 나도 잡을 수 있을 것 같은 용기가 생기더라고요.

일단 마당에 뛰어노는 닭 한 마리를 냅다 잡아서 목을 잡았는데 목을 잡자마자 '이거 뭔가 잘못됐구나!' 하는 생각이 들더라고요.

내가 생각했던 것보다 닭의 목이 일단 소년의 손아귀로 잡기엔 꽤 두꺼웠고요,

평소엔 얌전했던 닭인데 생명의 위협을 감지하고 나서는

발버둥 치고 날개로 몸통을 치며 화를 치는데 겁이 덜컥 나더라고요.

순간적으로 이걸 놔야 한다고 생각했는데

손아귀에 이미 힘이 들어간 뒤라서 에라 모르겠다 이러다 제풀에 죽겠지, 하는 심정으로 젖 먹던 힘까지 끌어모아서 닭의 목을 졸랐는데 내 팔뚝에 점점 힘이 빠져나가는 만큼 닭도 힘이 빠지기 시작했어요.

내가 먼저 힘이 빠지든 닭이 먼저 힘이 빠지든 둘 중 하나는 포기를 해야 끝날 싸움인데,

내가 왜 이걸 시작했던가 후회 반 무서움 반으로 포기를 선택하

려는 순간 일순간에 닭이 축 늘어지더라고요.

그때 알았어요. 닭의 목이 참 따뜻하구나.

살아있는 생명의 온기라는 게 이런 것이었구나.

그때 축 늘어진 닭에게 너무너무 죄스러웠어요.

그전까지 내가 작정하고 죽였던 생명들은

논에서 잡았던 개구리나 강에서 잡던 붕어나 빠가사리 정도였는데, 개구리나 붕어에게서 못 느꼈던 생명의 온기를 닭에게서 처음 느꼈던 것 같아요.

지금도 내 손아귀에서 용을 쓰고 화를 치던 닭의 온기가 잊혀지지 않아요.

축 늘어진 닭을 마당 한쪽에 놓고 나도 기진맥진 넋이 나가서 뜰팡에 앉아 있는데 장에 갔다 오던 엄마가 그 모습을 보자마자 나무 '관세음보살' 하셨잖아요.

지금은 하느님을 믿는 교인이시지만,

그땐 엄마가 살생을 금하는 부처님을 믿던 불자셨잖아요.

평소에도 큰소리 한 번 안 내시던 엄마니까 그날도

"어쩌자고 그랬다냐 이제 다시는 닭 잡지 말어!!" 하시고 더 꾸지람은 없었는데

엄마는 고맙다 했고 나는 안녕이라 했다

산닭을 잡아서 아들이 부처님한테 혼이나 나지 않을까
횡액이나 당하지 않을까 걱정하시는 게 느껴졌었어요.

그날 저녁에
내가 용을 써서 잡은 닭으로
엄마가 닭도리탕을 맛있게 해서 밥상 위에 올렸는데
온 가족이 맛있게 먹는데 저는 못 먹겠더라고요.
자꾸 닭의 채송화 씨앗 같은 눈이 생각나고
닭의 목에서 꿈틀대던 생명력과 온기가 느껴져서
김칫국에 밥만 한 그릇 후딱 말아먹고 마당으로 나갔었어요.
그때가 휘영청 떴던 보름달도 달걀로 보이던 봄밤이었어요.

그 봄밤의 닭도리탕 기억나세요?

영
춘
화

이제 추위도 누그러지고 경칩이 지났어요.

조금 두툼한 옷을 입고 모자랑 목도리만 하면

휠체어를 타고 나들이를 해도 괜찮은 날씨인데,

겨우내 누워 계시고 재활치료가 별 효과가 없으니

당장은 휠체어를 타기가 힘들겠네요.

오늘 동의보감 한의원 앞을 지나오는데

한의원 대문 옆에 영춘화가 활짝 피었어요.

언젠가 엄마와 휠체어를 타고 한의원에 갔을 때 엄마가 그랬었
지요.

"날씨가 푹해서 그런가? 개나리가 벌써 피었다니?"

내가 봐도 개나리가 너무 일찍 핀 것 같아서 동의보감 한의원 강
원장에게 "웬 개나리가 벌써 핀겨" 물어봤더니

개나리가 아니라 영춘화라는 꽃이라고 했잖아요.

개나리는 꽃잎이 4장인데, 영춘화는 꽃잎이 6장이고,

원래 개나리보다 영춘화가 일찍 피는 꽃이라 했지요.

침을 맞고 나오는 길에 엄마가 꽃을 유심히 들여다보시면서 그러셨지요.

"나이를 100살 가차이 먹었는디도 내가 모르는 꽃이 있응께
세상천지에 꽃이 얼마나 많을 겨."

오늘 동의보감 한의원 앞을 지나오면서 봄이 오고 개나리보다 앞서 영춘화도 피었는데,

이 정도 화창한 날씨면 휠체어를 타고 동의보감 한의원에도 가고 강둑에 가서 백마강 강물도 구경하고 들꽃을 꺾어서 집에 오곤 했는데,

엄마는 누워 계시고 휠체어도 못 타신다는 게 꿈인가 싶고 비현실적으로 느껴졌어요.

식사도 잘하시고 의식도 총명하셨는데
어쩌다 느닷없이 뇌경색이 왔을까요?
영춘화가 필 때는 매화가 같이 피고,
개나리가 필 때는 벚꽃이 같이 피어난대요.
생긴 게 비슷해서인지 영춘화와 개나리가 꽃말도 같아요.
꽃말이 '희망'과 '깊은 정'이라고 해요.

엄마! 영춘화랑 매화는 이미 피었으니까,

개나리가 피고 벚꽃이 필 때는 꼭 휠체어에 앉아서 탈 수 있도록
식사 잘하시고 체력을 길러보십시다요.

영춘화 꽃말이 희망이고 깊은 정이라잖아요.

봄에 벚꽃이 피면 음력 3월 7일 엄마 생신도 오잖아요.

달력을 보지 않아도 벚꽃이 봉오리가 생기기 시작하면

엄마의 생일이 다가오는 걸 알 수 있었어요.

이제 벚나무에 꽃눈이 보이기 시작했어요.

올해도 엄마 생일날엔 벚꽃이 만발하겠지요.

올봄 엄마의 96번째 벚꽃이 피어나면

만개한 벚꽃 길을 누비며 휠체어 드라이브를 해 보아요.

엄마는 고맙다 했고 나는 안녕이라 했다

내
삶
의

밑
줄

엄마!!

나는 세상이 무섭거나
일이 제대로 되지 않거나
뭔가 결정을 하거나 정리를 해야 할 때면
책을 잡았던 것 같아요.
딱히 책 속에 길이 있을 것이란 생각을 했던 것 같진 않은데
힘이 빠졌을 때 밥을 먹으면 힘이 나듯이
책을 씹어 먹듯이 읽어나가면
내 몸이 서서히 가벼워져서 마음도 안정이 되곤 했어요.

책을 읽는다는 건
세상을 잠시 떠날 수 있고 잠시 잊을 수 있어서 좋아요.
책을 펼치는 건

세상에 장막을 치고 책 속으로 깊이 도망을 치는 걸 수도 있어요.
그리고 마음이 흔들릴 때마다
문장을 꽁꽁 묶어서
가슴에 닻을 내리듯 수없이 밑줄을 그었어요.

닻이 된 문장들은 항상 너무 가볍거나 너무 무거웠지만
내 인생의 밑천은 그래도 밑줄이었어요.
그리고 지명수배자처럼 책 속으로 도망을 치다 지치고 나면
내가 더 깊이 숨어들었던 곳이 엄마의 바다였어요.

엄마의 바다는 너무도 깊어서
심해어 한 마리도 살지 않고 살아있는 생명체는 오직 나 하나뿐
이었어요.
고래의 뱃속 같기도 하고
자궁 속 같기도 한 그곳에서
잠시 웅크리고 있으면 태풍이 지난 아침처럼
다시 고요한 태양이 뜨곤 했어요.

엄마에게 한 번도 고백하지 못했는데

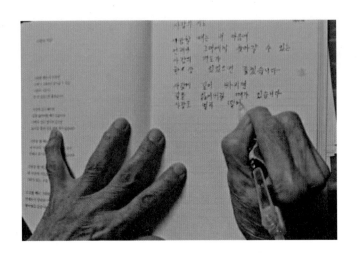

그 말씀 꼭 드리고 싶었어요.

엄마가 나의 바다였고

그 바다 위에 띄워 놓은 대항해시대의 범선이었고

그래서 인생의 파도를 타고 대양을 건널 수 있었다고

꼭 말씀드리고 싶었어요.

내 인생의 밑줄이었고 나의 바다였던 엄마.

숨은그림찾기

군산 바닷가에 간 적이 있어요.

비릿한 선창가를 지나는데, 햇볕에 생선을 말리고 있더라고요.

내가 어릴 때 엄마가 밥상에 자주 올려주시던

'박대'인가 '서대'인가 하는 생선이었어요.

해풍과 햇볕에 말라서 몸에 수분이 빠지고 부피가 바짝 쪼그라들고 생선의 몸 형태가 그대로 드러나 보였는데,

요즘 병상에 누워있는 엄마를 보면

얼굴도 팔뚝도 종아리도 살집이 하나 없어서

해풍에 말라가는 박대의 살갗 같아요.

엄마의 뼈마디를 만지고 밀가루 반죽처럼 다 풀어진 근육과 희미한 혈관들을 보면 엄마의 몸에서 숨은그림찾기를 하는 기분이 들어요.

옛날에는 숨은그림찾기가 잡지에 많이 있었잖아요.

나는 숨은그림찾기를 할 때 공작새를 찾는 게 제일 어려웠고요,

코끼리가 제일 쉬웠던 것 같아요.

코끼리 코를 나뭇가지나 기둥 같은 곳에 숨겨놓았지만

내 눈엔 잘 띄었거든요.

하지만 공작새의 화려한 꼬리는

쉽게 눈에 띄지 않았어요. 참 이상하죠?

화려하면 쉽게 눈에 보일 것 같은데,

화려한 건 숨기기도 쉽나 봐요.

엄마는 공작새의 꼬리 같아요.

그렇게 예쁘게 활짝 펼치고 사셨지만

나도 다른 사람들도 숨겨놓은 꼬리를 잘 찾지 못했어요.

엄마의 마음속에 있는 그 화려한 공작새를

내가 좀 더 일찍 숨은 그림 속에서 찾았더라면

엄마의 꼬리가 더 화려하게 돋보일 수 있게 도와드렸을 텐데요.

이젠 박대를 닮아가는 엄마의 몸에

공작새의 꼬리가 있었던 것도 실감이 나지 않아요.

엄마가 살아오신 길에 숨겨놓았던 이런저런 숨은 그림들을 찾지
못하고 그냥 무심코 지나와서 정말 미안해요.

언젠가 다음 생에라도 엄마의 숨은 그림을 찾을 기회가 있다면

찬찬히 차분히 들여다보면서 피아노, 자전거, 토끼, 절구통 같은
엄마의 숨은 그림들을 잘 찾아낼게요.

슬픔의 힘

펄펄 눈이 내릴 때 눈사람을 만들려고 눈을 굴려본 사람은 알
수 있어요.

　안남미 쌀처럼 푸석푸석 메마른 눈이 내리면

　눈을 굴려도 눈이 단단하게 뭉쳐지지 않지만,

　습도를 어느 정도 머금은 햅쌀 같은 눈은

　뭉치면 뭉칠수록 차돌처럼 단단해져요.

　덕장에 널어놓은 황태처럼 슬픔을 어딘가 널어놓으면

　슬픔이 얼다 녹기를 여러 차례 반복하고

　그 가슴도 차돌처럼 단단해져요.

　슬픔은 그때 당시에는 남루하고 소모적인 에너지로 보이지만,

　알고 보면 슬픔은 어둠이 있어야 빛나는 달 같은 거지요.

　밝고 환한 대낮엔 진가를 발휘할 수 없지만

　어둠이 내리는 밤엔 슬픔의 진가를 알 수 있어요.

　슬픔이 없었던 사람의 가슴엔 단단하게 뭉쳐지지 않는 안남미
쌀 같은 눈이 내리고,

엄마는 고맙다 했고 나는 안녕이라 했다

슬픔의 터널을 지나온 사람의 가슴엔 적당한 습도를 머금은 눈이 내려서 뭉치면 뭉칠수록 차돌처럼 단단해져요.

  알고 보면 슬픔도 힘이 세요.

  엄마가 병실에 누워 있는 지금,

  나는 어둡고 긴 긴 터널을 지나고 있지만

  언젠가 빛이 보이고 무사히 터널을 빠져나올 수 있을 거예요.

  슬픔도 견디다 보면 근육이 붙고 면역력이 생겨서

  슬픔 자체로 슬픔을 이길 수 있는 힘이 생겨요.

  슬픔을 슬픔으로 잡을 수 있는 힘이 생겨요.

  오늘도 슬픔의 힘으로 잘 견디고 있어요.

  슬픔은 힘이 세요.

꿀
꺽

엄마가 평소에 음식을 오물오물 천천히 참 맛있게 드셨었지요.

맛있게 드셔주니까 나도 엄마의 밥상을 차리는 게

재미있고 보람이 있었어요.

삼시세끼 밥상에 빠지지 않고 올렸던 음식이

계란 반숙과 생연어와 찐 고구마나 찐 토마토였었죠.

엄마가 참 좋아하셨던 삼 종 세트였어요.

계란 반숙은 전자레인지에 20초만 돌리고 들기름 한 방울에 깨

소금만 뿌리면 이가 부실해도 드시기에 편하고

고기를 좋아하지 않는 엄마의 단백질 보충에 최고였고요,

세계 10대 슈퍼푸드라는 연어는 부드러운 식감에 소화도 잘된

다고

엄마가 끼니마다 한두 점씩이라도 꼭 드셨었지요.

고구마가 나오는 계절은 고구마를 찌고,

토마토가 나오면 토마토를 찌거나 올리브유에 살짝 볶아내면

그것도 참 맛있게 드셨잖아요.
그렇게 음식을 맛나게 드셨는데
지금은 병실에 누워서 콧줄로 식사하는 경관식(Tube feeding)을 하시네요.

뇌경색이 오고 안면 근육도 일부 마비가 되어서 음식을 씹는 저작 기능이 어렵고 음식을 목으로 넘기는 연하운동이 어렵다는 진단이 나와서 할 수 없이 콧줄을 끼웠는데 한번 경관식이 시작되면 다시 입으로 식사하는 게 쉽지 않아요.

연하 운동이라는 게 우리가 일상적으로 너무나 쉽게 하는 '꿀꺽'하고 음식을 삼키는 건데
그 간단한 운동이 이렇게 삶의 질을 바꿔놓을 수가 있었네요.
병실에서 제일 자주 듣는 말이
식사 때마다 들리는 "피딩 왔어요"라는 말이에요.
일반 병실에선 "식사 왔어요"라고 하는데
엄마가 누워계신 집중 케어 병실엔 모든 환자들이 콧줄로 경관식을 해야 하는 중환자분들이라서 모두 경관식을 해요.
엄마가 튜브를 통해서 콧줄로 식사하실 때면 내가 그래요.

"엄마 지금 계란 반숙이 들어가요~",

"엄마 연어가 들어가고 토마토가 들어가네요, 맛나지요?"

내 말을 정확하게 알아들으실 진 모르겠지만

왠지 엄마의 귀에 대고 주문처럼 들려주면

엄마가 좋아하시던 음식의 맛을 희미하게라도 느끼시려나 하는

마음 때문에 피딩을 드시는 그 시간엔 꼭 말을 걸어드려요.

"엄마! 식사 맛있게 하셔요. 많이 드셔요,

오늘은 무슨 맛이었나요?"

내
가

갈
까

내가 갈까 했는데 봄이 왔네요.

엄마가 가장 좋아하는 계절이 봄이지요.

나는 봄도 좋지만, 여름도 참 좋아해요.

일 년 중에 가장 좋은 시절이 삼일절부터 광복절까지예요.

삼일절이 되면 콧바람에 봄의 냄새가 살랑살랑 불기 시작하고

광복절이 끝나면 동해의 수온이 떨어지고 해파리가 출몰하기 시

작해서 해수욕의 시즌이 끝난다고 해요.

24절기 중에 입춘을 지나 삼일절쯤에 우수와 경칩을 지나면

본격적인 봄이 시작되잖아요.

춘분을 지나고 청명을 지나

농사비가 내린다는 곡우까지 지나는 절기의 여정이

마치 봄 기차를 타고 청명역 곡우역처럼

봄의 간이역을 지나는 기분이에요.

기차 차창 밖으로 산과 들에는 꽃이 피어나고
연두로 시작된 숲은 초록이 되고요,
훈풍이 시작되는 바다엔 숭어가 찾아오고
남쪽 나라엔 십자성이 빛나겠지요.

그렇게 봄 여름이 지나가고
다가오는 가을은 너무 적막하고
겨울은 너무 밤이 길어서 엄마도 나도 좋아하지 않았죠.

하지만 인생을 살아가려면
사계절 중에 좋아하는 봄과 여름만 살 수는 없잖아요
가을과 겨울을 견뎌야 봄과 여름을 볼 수 있을 테니까요.

엄마! 오늘은 봄의 끝이고
여름의 시작인 절기 '입하'네요.
이제 엄마가 좋아하는 뻐꾸기도 울고 뜸부기도 울겠지요.

우리 동네 이장님도 논에 물을 채우고
모내기 준비를 하고 있어요.

겨울에 입원하셔서 봄이 지나고 여름이 시작되는데
엄마는 그 흔한 꽃무늬 원피스 한번 못 입어 보시고
환자복 한 벌로 계절을 보내고 계시네요.

봄 여름이 지나고 오는 가을 겨울도 잘 견디셔야
다음 봄도 여름도 볼 수가 있어요.

엄마에게 이런 말 드리고 싶어요.
꽃무늬 원피스 대신 환자복을 입고 있어도
세상에 꽃이 피는지 뜸부기가 찾아왔는지 잘 모르시더라도
그냥 그 자리에라도 오래오래 계셔달라 그 말씀 드리고 싶어요.

유일하게 움직이는 오른손으로
내 얼굴을 쓰다듬는 걸 좋아하시잖아요.
그 손길만으로도 너무나 감사하니
오래오래 내 얼굴을 쓰다듬어 주시라 그 말씀 드리고 싶어요.
내가 갈까 했는데 또 여름이 왔네요.

맞
장
구
와

추
임
새

마라톤을 완주하기 위해서 훈련할 때

초보자는 30초 정도 달리고 1분 정도 걷고,

중급자는 5분 정도 달리고 1~2분 정도 걷고,

전문가는 6~8분 정도 달리고 1분 정도 걷는다고 해요.

자기 신체 능력이나 기능에 맞는 훈련법이 있듯이

자신의 신체 리듬에 맞는 완주법이 있겠지요.

인생을 완주하는 인생 마라톤도 마찬가지인 것 같아요.

엄마와 함께 10년 동안 삼시세끼를 함께 먹고 지내면서 알았는

데요, 거리와 보폭을 맞춰가며 함께 뛰는 마라톤처럼

엄마와 함께 호흡을 맞춰가며 한 집에서 생활할 때 가장 중요했

던 것은 산해진미도 아니고 오곡백과도 아니고

바로 맞장구와 추임새였어요.

노인을 모시고 함께 살면서 가장 중요한 게 뭐냐고

누가 물어보면 나는 '맞장구와 추임새'라고 말해줘요.

맛난 음식이 기력을 살리고 건강을 좋게 하듯이

맞장구와 추임새는 기분을 살리고 정신건강을 좋게 해요.

엄마가 어느 날 갑자기 박정희처럼 훌륭한 대통령 없다고 말씀

하시면 나도 세종대왕 이후에 그렇게 훌륭한 대통령은 없었다고

나도 엄마랑 생각이 똑같다고 하잖아요.

내 생각을 말할 틈도 없이 판소리할 때 고수의 북장단처럼 엄마

가 선창하면 바로바로 북장단을 넣어드렸죠.

무슨 말이든 맞장구와 추임새를 넣어 드려야 대화가 이어질 수

있잖아요.

엄마가 나와 다른 생각을 말하면

저도 제 생각을 말하기도 했었는데

그렇게 해봐야 대화만 끊기고 좋을 게 없다는 걸 저도 어느 날

배우게 되었어요.

방송작가 선배님이신 임기홍 작가님 엄마도 잘 아시지요?

임 작가님 어머니는 동네 노인정으로 건강식품을 팔러오는 장사

꾼 말을 믿고 헐값인 중국산 옥 장판을 비싼 돈을 주고 여러 차례

엄마는 고맙다 했고 나는 안녕이라 했다

사 오셨다는데 사 오실 때마다 임 작가님이 한 번도 싫은 내색을 안 하시고 이 귀한 옥 장판을 어디서 그렇게 싼 값에 사 오셨냐고

잘하셨다고 매번 칭찬을 해드렸다고 해요.

어느 날은 옥 장판을 이렇게 노인들에게 잘 파는 장사꾼이 궁금해서 임 작가님도 노인정에 가보고 나서 이유를 알았는데

대뜸 옥 장판을 펼쳐놓고 파는 게 아니라

노인정에 앉아 있는 노인들을 상대로 얘기들을 하나하나 다 들어주고 말끝마다 맞장구와 추임새를 넣더라는 거예요.

할머니가 며느리 욕을 하면 같이 욕해주고

아들 자랑을 하면 그렇게 훌륭한 아들은 단군 이후에 처음이라는 둥 쉴 새 없이 맞장구를 치더라는 거죠.

알고 보니 옥 장판값은 맞장구와 추임새 값이었던 거였어요.

기분이 좋으면 몸에서 세로토닌이든 엔도르핀이든 행복 호르몬이 나온다고 해요.

엄마의 가장 큰 행복 호르몬은 맞장구와 추임새였어요.

나도 엄마가 팥으로 메주를 쑤신다고 할 때 맞장구와 추임새를 넣는 게 참 행복했어요.

박
치
기
왕

제가 유년기와 소년 시절을 보낸 1970년대는 흑백 테레비의 시대였잖아요.

국민학교 2학년 때인가 아버지가 테레비를 사 오셔서

비로소 우리 집도 안방극장의 시대가 열렸었지요.

그때 당시에 국민적인 스타였던 코미디언 구봉서 선생님,

비실이 배삼룡, 땅딸이 이기동, 살살이 서영춘 선생님들의 코미디를 보면서 가족들의 웃음이 방안에 둥둥 떠다니던 시절이 좋았어요.

일요일 아침엔 장학 퀴즈가 인기가 있었고,

장학 퀴즈가 끝나면 아버지와 함께 목욕탕에 가곤 했었지요.

그리고 그때는 레슬링의 시대이기도 했어요.

온 국민이 텔레비전 앞에 모여 앉아서 박치기왕 김일 선수를 응원했었잖아요.

그때는 프로 농구도 프로 야구도 없었고 무조건 레슬링이 최고 인기 스포츠였었죠.

그때 레슬링은 짜고 치는 '쇼'라는 말이 있었어요.

각본에 의해서 승패를 미리 정해놓고 치고받는 척을 한다는 거였는데요,

언젠가 김일 선수에게 아나운서가 질문을 한 적이 있어요.

"프로 레슬링은 각본대로 한다는데 맞나요?" 대충 이런 질문을 던졌는데 김일 선수가 대답을 "인생은 어차피 한 편의 드라마잖아요?"

그런 묘한 대답으로 즉답을 피했던 것도 생각이 나요.

그리고 박치기왕 김일 선수를 떠올리면 가장 생각나는 말이 있는데, "박치기를 하면 상대방은 정신 못 차리게 아플 텐데 김일 선수도 아픈가요?" 이런 질문을 했는데

김일 선수가 본인도 엄청 아프다고 대답해서 어린 마음에 굉장히 충격을 받았었어요.

박치기를 하면 본인 머리도 깨지도록 아픈데

이기기 위해서 꾹 참고 박치기를 한다는 거예요.

나는 김일 선수는 하나도 안 아프다고 할 줄 알았거든요.

다만 안 아픈 척한다는 거예요.

그때 알았는데,

어른들은 아무리 아파도 아픈 걸 다 말하는 게 아닌가 보다,

그래야 어른이 되는 건가보다 그런 생각을 했었어요.

그리고 살아오면서 그때 김일 선수가 한 말을 생각하며

김일 선수가 엄마랑 닮았다고 생각했어요.

살아오면서 엄마도 지치고 아플 때가 많았을 텐데

엄마도 삶의 링 위에서 내색을 안 하시고 살아오셨겠구나.

엄마도 너무 아픈데 김일 선수처럼 너무도 아픈데

아무런 내색을 안 하고 살아오셨겠구나, 하는 생각이 들었어요.

엄마!! 이젠 참지 마세요. 평생을 참고 사셨으니 더 참지 마시고,

이제라도 아프면 아프다고 눈으로라도 말을 해주세요.

젖
꼭
지

지금은 집마다 방안에서 반려견이나 반려묘를 많이 키우는데

내가 어릴 때만 해도 강아지나 고양이는 방이 아니라 마당에서 키웠잖아요.

강아지는 여름에는 시원하고 겨울에는 따뜻한 마루 밑에 자리를 잡았었고 고양이는 얌전하든 사납든 부엌 부뚜막에 주로 자리를 잡고 살았잖아요.

부뚜막에 여름에 앉아 있으면 시원했고 겨울엔 따뜻했던 기억이 나요.

그때는 집마다 마당에 닭을 풀어놓고 키웠고,

달걀을 낳으면 날달걀로도 먹고 프라이를 해서 먹기도 하던 귀한 음식이었지요.

돼지도 한두 마리씩 키우는 집이 많아서 음식 쓰레기는 돼지가 다 먹었고,

염소를 키우는 집도 많아서 집안에 풀이 남아나지 않았잖아요.

지금도 우리 동네 이장은 애완용 염소를 키우는데

얼마 전엔 염소가 담장을 넘어 탈출해서 경찰 순찰차까지 와서 잡은 적도 있어요.

그때 출동했던 경찰관이 염소를 능수능란하게 다루길래 "염소를 좀 키워보셨나 봐요?" 했더니 염소며 송아지며 망아지며 안 키워본 짐승이 없는데, 키우다 보니까 늘 젖꼭지가 문제라고 하더라고요.

젖꼭지가 무슨 문제일까 했는데

염소도 어미 젖꼭지는 두 개인데 새끼는 세 마리도 태어나고 네 마리도 태어난다는 거예요. 어미 염소 젖꼭지가 두 개가 아니라 넉넉하게 대여섯 개 달렸더라면 새끼들이 모두 다 배불리 먹고 무럭무럭 자랄 텐데 젖꼭지를 차지하지 못한 새끼들은 어미젖이 부족해서 건강하게 자라질 못한다는 거예요.

다른 짐승에 비해 젖꼭지가 많은 돼지도 마찬가지래요.

돼지 젖꼭지가 12개에서 14개 정도라서 젖꼭지가 많은 편인데도 태어나는 새끼 돼지 수가 젖꼭지보다 많을 때가 많다고 해요.

돼지들도 자기 젖꼭지를 차지하지 못하면 제대로 못 먹고 우리에서 겉돌게 된다고 해요.

사람은 젖꼭지가 두 개라서 다행이에요.

짐승처럼 서로 먹겠다고 젖꼭지로 다투지도 않고
엄마가 물려주는 대로 배불리 양껏 먹고 자랄 수 있었잖아요.

병원 침대에 누워 있는 엄마를 보면
혹시 몸에 욕창이나 생기지 않을지 환자복을 풀어서 몸을 먼저
살펴보게 되는데
건포도처럼 마르고 쪼그라든 엄마 젖꼭지로 우리 6남매를 길러
내신 게 정말 신기해요.
엄마도 풍만한 가슴에서 젖이 넘쳐나던 시절이 있었고,
우리 남매들이 엄마의 자양분을 쪽쪽 빨아먹고 여태까지 잘살
고 있는데 엄마는 아무런 내색 없이 마른 가슴을 풀어헤치고 누워
계시네요.
연두처럼 싱그러운 시절도 있었을 텐데 화려했던 적은 한 번도
없이 앙상하게만 늙어 오신 삭정이 같은 엄마.

꼬마 때, 오일장 열릴 때마다 엄마랑 장에 가는 게 참 좋았어요.

구경거리가 별로 없는 시골이라서 그런지

장날은 놀이공원처럼 볼거리도 많고 먹거리도 많고 시끌시끌 활기가 넘쳐서 좋았지만,

무엇보다도 장국밥 한 그릇도 얻어먹고 운동화 하나라도 얻어 신는 재미가 있어서 엄마가 장에 가자고만 하시면

쏜살같이 장바구니를 들고 앞장섰는데 내가 머리가 큰 뒤로는

장터에서 만나는 어르신마다 인사드리기도 귀찮고 엄마를 따라 함께 장에 온 옆 동네 여학생들 만나면 변성기가 지난 소년인데 꼬마처럼 엄마 손 잡고 졸졸 쫓아다니는 게 쑥스럽기도 하더라고요.

그리고 또 하나는 엄마가 주인장과 물건을 흥정할 때 걸리는 시간이 너무 길고 지루하게 느껴졌어요.

빨리 장을 보고 집에 가서 테레비를 보든 애들이랑 축구하고 싶은데, 마늘 한 접을 사러 장에 가면 가격을 물어보고 비싸다는 생각이 들면 산다 만다 말없이 "한 바퀴 돌아보구 올게유~" 하시곤

대천에서 온 간고등어, 강경에서 온 새우젓들을 돌아보시고는 다시 마늘 장사에게 가서서 "아까 얼마라구 하셨쥬?" 또다시 똑같이 물어보시고 똑같은 가격이면 또 한 바퀴를 돌고 오셔서 또 가격을 물어보시곤 했었지요.

그러다가 주인장이 다만 얼마라도 싸게 부르면 그 자리에서 흥정을 시작하셨었지요.

나중에 머리가 좀 더 커서 알게 되었는데 엄마는 흥정의 여왕이었어요.

깎아달라고 사정 한 번 안 하시고
비싸다고 언성 한 번 안 높이시고
아무 말 없이 한 바퀴 두 바퀴 돌면서
엄마가 원하는 가격에 물건을 사시는 지혜가 있으셨지요.
물건값으로 치면 깎아도 얼마 안 되는 돈이지만
장날을 즐기는 엄마만의 희열이 아니었나 싶어요.

엄마가 무릎 수술을 하고 허리 수술을 하신 뒤로는
내가 휠체어로 엄마를 태우고 오일장 날마다 장터에 나갔는데
그때부터는 엄마의 물건 깎기 주특기인 "한 바퀴 돌구 올게유~"
란 말씀을 안 하시더라고요.

그래서 어느 날 제가

"엄마 요즘에는 물건값 깎는 재미가 없어지신 것 같어, 한 바퀴 돌구 올게유 소릴 안 하시네?" 하고 여쭈어봤더니

"내 다리로 걸을 수 있으면 한 바퀴가 아니라 열 바퀴도 돌아보고 흥정하겠지만 물건값 좀 깎겠다고 아들 다리 아프게 뱅뱅 돌면 되겠는가?" 그러셨지요.

나는 엄마를 태우고 휠체어로 뱅뱅 도는 게 재미가 있어서 장 구경을 나갔는데 엄마는 내 다리가 아까우셨나 보더라고요.

왜 모든 건 지나고 나면 알게 되는 건지 모르겠어요.

지금 내가 모르고 있는 것도 세월이 좀 더 지나면 세월이 알려주겠지요.

평상
마루

1970년대의 겨울은 백마강 물이 꽁꽁 얼어서

강 건너 사람들이 소달구지를 타고 겨울 강을 건널 정도로 얼음이 두껍게 얼었잖아요.

봄이 오기 시작하는 해빙기에는 백마강에서 얼음이 쩍쩍 갈라지는 소리가 황소울음처럼 들리기도 했고요.

대구와 청어가 많이 잡힌다는 오호츠크해에선 유빙 위를 걷는 관광 상품도 있다던데 그 정도 규모는 아니었지만,

상류에서부터 유빙이 떠내려오면

엄마 몰래 동네 친구들과 얼음 배를 타러 백마강에 몰려가기도 했던 생각도 나네요.

그렇게 긴 겨울이 지나고 봄이 오면

마당에서 산수유나 수선화가 피어나기 시작하고

햇볕이 좋은 날은 마당 한편에서 화전을 부쳐 먹기도 부침개를 부쳐 먹기도 했었지요.

요즘은 비닐하우스에서 한겨울에도 딸기가 나오지만

예전에는 딸기가 나오기 시작하면 초여름이 시작되었고

포도와 복숭아가 나오기 시작하면 한여름이 시작되었는데,

수박이 나와서 수박을 썰어 먹을 땐 꼭 평상마루에서 수박을 먹

었던 생각이 나요.

칼끝만 대면 쩍 소리가 나면서 빨갛게 잘 익은 수박 속이 보이고

수박씨를 마당에 퉤퉤 뱉으면서 하모니카 불듯이 온 가족이 수

박을 쪼개 먹던 생각도 나네요.

그런데 그렇게 수박을 먹을 때도

엄마는 늘 평상마루에 커다란 쟁반과 식칼을 가져오셔서

수박을 쪼개고 잘라주시던 생각만 나고,

엄마가 맛있게 드시던 모습은 생각이 나지 않아요.

그리고 여름에는 마당에 모기향을 피우고

평상마루에 식구들이 둘러앉아서 저녁을 먹었잖아요.

아버지는 풋고추를 잘 드셨는데 고추장에 찍어 드시지 않고 젓

가락으로 절묘하게 풋고추의 배를 갈라서 고추씨를 털고 풋고추

안에 새우젓을 넣어 베어 드셨었지요.

나는 그 맛도 모르면서 아버지를 따라 하기도 했고요.

지금도 풋고추를 베어 먹을 때 입안에 퍼지는 풋내를 맡으면
그해 여름의 모기향과 함께 밥상머리 풍경이 떠오르기도 해요.
그때는 자주 찬물에 밥을 말아서
고추장에 멸치도 찍어 먹고 된장에 호박잎도 싸 먹고 그랬어요.
그리고 조기나 자반 고등어 위에 고춧가루와 풋고추를 올리고
생선을 쪄내면 비린내도 하나도 안 나고
평상 마루 최고의 만찬이었던 한여름 밤의 추억이 떠오르네요.

그때 여름밤마다 지붕 위로 흐르던 은하수와 여름 별자리 직녀
성과 견우성은 세월이 흘러도 모두 그대로 빛나는데
이제 우리 식구들은 다 같이 평상마루에 모일 수가 없네요.
그래도 별처럼 빛나는 여름밤 평상마루의 추억이
엄마의 기억과 함께 남아 있어서 참 다행이란 생각이 들어요.

엄마가 병원으로 떠나고 나 혼자 남은 집은
안방도 작은방도 거실도 마당도 온통 적막하고 고요해요.

산
비
둘
기

우리 집에서 유일한 소음은 세탁기 돌아가는 소리와 상추가 짖는 소리인데,

어느 날 아침에 상추가 너무 요란하게 짖어서 나가 보았더니

새가 날아들어서 마당에 있는 주목 나무에 둥지를 틀었어요.

처음엔 뻐꾸기인가 했는데 뻐꾸기는 5월이나 돼야 오는 여름 철새인데 춘분이 갓 지난 철에 어찌 왔을까?

그리고 뻐꾸기는 다른 새의 둥지에 알을 낳아서 기르는 '탁란'을 하기 때문에

알을 품지도 않는데 어쩐 일인가 하고 알을 자세히 들여다보니 산비둘기예요.

상추는 자기 구역에 산비둘기가 날아들었다고 짖고 까불고 난리를 치는데,

산비둘기는 알을 낳을 환경으로 우리 집 마당이 안전하다고 판단을 했나 봐요.

생각해 보니 뱀이나 청설모가 많은 산보다는 사람이 사는 집 마당이 알을 낳기에 좋은 환경이 될 수 있을 것 같아요.

옛날 노래 중에 '비둘기처럼 다정한 사람들이라면 장미꽃 넝쿨 우거진 그런 집을 지어요.' 이런 가요도 있잖아요.

비둘기는 정말 다정도 해요.

비둘기를 쭉 지켜보고 있으면 암수가 함께 교대하면서 사이좋게 알을 품어요.

엄마 비둘기가 알을 품다가 일정 시간이 지나면

아빠 비둘기가 어디선가 날아와서 교대를 해줘요.

비둘기 부부 사이가 그렇게 다정할 수가 없어요.

모성애와 부성애도 대단해서

비가 오는 날도 장대비 맞으며 꼼짝 안 하고 알을 품고 있어요.

보름 정도가 지나면 서서히 부화할 텐데

알에서 나와서 비행 연습을 하다가 마당으로 추락하면 상추가 해코지할 수가 있어서 둥지 밑으로 판자를 대 줬어요.

비둘기가 무사히 부화를 하고

비둘기 가족이 산으로 무사히 돌아갈 때까지 잘 지켜봐야겠어요.

비둘기 가족이 둥지 안에 함께 있는 모습을 보고 있으면,

우리 가족도 엄마 아버지와 함께 한 둥지 안에 모여 살 때 참 행복했었다는 생각이 들어요.

산비둘기가 산으로 떠나면 빈 둥지만 남겠지요.

그렇게 한번 떠나면 둥지는 다시 오지 못하는 건가 봐요.

둥지를 떠난 엄마는 다시 집으로 돌아올 수 있을까요?

눈물이 왜 터진 건지

엄마가 병원에 입원한 뒤로 저녁이 너무 빨리 오는 것 같아요.

그렇지 않아도 적막했던 집인데,

엄마가 안 계신 뒤로 상추는 상추대로 마당에서 혼자 지내고,

고양이 배추는 배추대로 방 안에서 혼자 지내고

나는 나대로 혼자 지내요.

매일 병원에 가서 엄마를 만나고 오면

하루가 금세 지나고 저녁이 돼요.

적막한 집에 저녁이 오면 적막감이 더 무거워서

해가 지기 전에 집 안에 불을 환하게 밝혀둬요.

어두워지기 시작하면 집 안에 어둠이 어두운 채로

화석처럼 굳어버릴 것 같아요.

환풍기를 돌리듯이 환한 전등으로 어둠을 한 번 휘저어주면

혼자 있는 저녁이 덜 적막하고 덜 외롭고 견딜 만해요.

그래도 적막하면 자동차 타고 동네를 열 바퀴쯤 뺑뺑 돌아요.

손바닥만 한 동네라서 밤중에 어디 갈 곳도 없잖아요.

오늘도 차를 타고 뚝방길을 돌면서

오리들은 다 어디로 갔나, 꽃들도 이번 주엔 다 지겠구나,

그런 생각들을 하며 운전을 하고 있었는데,

어두운 밤길을 할아버지 혼자서 걷고 계시더라고요.

행색이 초라하고 지쳐 보이셔서 갓길에 차를 세웠어요.

"할아버지 우리 동네 분이 아니신 것 같은데 집을 못 찾는 거 아니세요?"

말이 끝나자마자 대뜸 할아버지가 집을 찾아달라고 하세요.

어디를 가시는 길이냐고 여쭤보니

면에서 혼자 사시는데 읍내 병원에 나왔다가 버스를 놓쳐서

무작정 걷기 시작했다고 하세요.

시골엔 독거노인이 많은데 대개 이런 분들은 치매가 있는 경우가 많아요.

할아버지가 얼마나 걸으셨는지 등짝이 다 젖을 정도로 땀을 흘리셨어요.

밤새 이토록 걸으셨으면 새벽녘에는 쓰러지셨겠다 싶었어요.

할아버지를 차에 태우고 최 경감이 대장으로 있는 파출소 지구대로 모셔다드렸어요.

파출소 순찰차가 댁까지 모셔다드리겠다는 말을 듣고 나오는데

할아버지가 내 손을 꼭 붙잡고 천 원짜리 한 장을 꺼내서 쥐여주세요.

왜 천 원짜리를 보고 눈물이 울컥했는지 모르겠어요.

주머니에 몇 날 며칠을 아껴놓은 천 원짜리라서

돈이 너무 꼬깃꼬깃해서 울컥했는지,

주머니에 달랑 천 원짜리 한 장만 들어있는 옹색한 형편 때문에 울컥했는지,

내 손을 꼭 잡은 손에서 뭔지 모를 외로움이 전해져서 그랬는지,

할아버지의 허기진 눈빛 때문에 그랬는지,

그 와중에 병실에 혼자 누워 계신 엄마 생각이 겹쳐서 그랬는지,

그때 왜 왈칵 눈물이 소나기처럼 쏟아졌는지 알 수가 없어요.

요즘은 예고도 없이 자주 눈물이 터져요.

엄마의 부엌

부엌은 원래 엄마의 영역이었는데 제가 성급하게 차지해서 죄송해요.

말로는 힘드신데 부엌일은 인제 그만하시라 했지만

사실은 들기름병과 식용유 병 위치가 바뀌어 있거나

숟가락과 젓가락 짝이 바뀌어 있는 것들이 신경이 쓰여서 그랬던 것 같아요.

마음이 적적하거나 허전할 때 개수대에 손을 담그거나 조물조물 나물이라도 무쳐내면

손끝에서 퍼지는 고소한 참기름 냄새나 새콤한 식초 내음, 구수한 밥 내음이 어느 화려한 꽃 냄새 못잖게 좋으셨을 텐데

엄마의 부엌을 내가 멋대로 차지해서 죄송해요.

서가에 꽂힌 책들도 위치가 바뀌면 심난한 나의 소심함 때문에

부엌의 반찬통들이 이리저리 위치가 바뀌는 게 싫어서

평생 엄마의 자리였던 부엌을 내 맘대로 빼앗아서 정말 죄송해요.

식사하고 나면 틀니 정도는 엄마도 닦을 수 있었는데

틀니도 내가 닦아 드리는 게 맞는 줄 알았어요.

엄마는 가만히 앉아서 좋아하시는 '세계테마기행'이나 보시고

맨손 체조나 하시라고 해서 죄송해요.

노인은 그래야 하는 줄 알았어요.

지금처럼 아무것도 못 하시고 가만히 누워서

희미한 추억을 잡고 계실 줄 알았더라면

엄마를 맘껏 부려 먹었어야 했어요.

자꾸 귀찮게 해서 매일 한 번씩 "내가 아주 아들 때문에 어깨가
빠질 것 같어.~~" 이 말을 꼭 들었어야 했어요.

그게 옳았어요.

내가 아기 때 엄마가 밥을 떠 먹여주시고

내게 양말 신는 법을 가르쳐 주셨듯이

이젠 내가 엄마에게 밥을 떠 먹여드려요.

엄마가 아기가 되어갈 때 내가 어떻게 해야 하는가를 미리 배
울 수 있는 '엄마 유치원' 같은 곳이 있으면 좋을 것 같아요.

인생에서 마지막으로 배워야 할 모든 것들을 배울 수 있는

그런 곳이 있으면 좋을 것 같아요.

"아기가 되어가는 엄마에게 이렇게 해드리세요,

여러분의 아픔과 후회를 절반으로 줄여드립니다."

그런 배움터가 있으면 좋겠다는 생각이 들었어요.

엄마가 아기가 되어갈 때

엄마 아기에게 무엇을 어떻게 해드려야 하는지 배울 수 있는 곳
이요.

여름방학

살아가는 게 두렵고 가슴 아픈 날들도 많았고
엄마가 병실에 누워있는 지금도 여전히 우울하고 불안해요.
하지만 반평생을 살아보니 인생은 여름방학 같았어요.

양털 구름이 둥실 떠 있고
화창한 날들도 있었고 먹장구름이 몰려오고
장대비 장맛비가 내리던 날들도 있었어요.
꼬마 때는 더욱더 신나고 설렜어요.
엄마가 사주신 소년중앙 여름방학 특별 호엔
별책부록과 함께 수도에 호스를 연결하면
분수가 되는 장난감도 끼워줬잖아요.
인생이 온통 나를 위한 보너스 같았어요.

강물에선 물고기가 자주 뛰었고
우리는 강가를 더 자주 뛰어다녔고

태양은 뜨거웠고 뜨거운 태양만큼 우리들의 등짝이 새까맣게
탔을 즈음 여름방학은 중반을 넘어가고 있었고
우린 그때서야 방학 숙제 걱정을 하곤 했어요.

제일 난감했던 건 그림일기였어요.
지난날들의 기억과 그날의 날씨를 되짚어가며
그림을 그리는 게 제일 어렵더라고요.
쑥부쟁이와 원추리꽃이 등나무 넝쿨 보라색 꽃과 함께 피어나
던 여름방학은 즐거움과 설렘이 절반이었지만
설렘의 끝은 피할 수 없는 숙제가 따라다녔고 원치 않는 개학이
임박하곤 했어요.
지금이 내 인생의 여름방학이라면
개학이 임박해서 그림일기를 그려야 할 때가 아닐까 싶어요.
지나간 날들의 날씨를 기억해 내고 지나간 추억을 도화지에 그
려야 할 때 같아요.

엄마!
엄마와의 어떤 추억을 하얀 도화지에 그려야
엄마에게 '참 잘했어요.' 도장을 받을 수 있을까요?

엄마는 고맙다 했고 나는 안녕이라 했다

모
기
장

엄마가 워낙 에어컨 냉기를 싫어하셔서

여름내 에어컨 커버조차 안 벗기고 여름을 나기도 했었고,

폭염 특보나 열대야 예보가 나올 때도 에어컨을 켰던 횟수가

초복 중복 때 이거나 염소 뿔도 녹는다는 대서 때 정도에 잠깐

잠깐 켰었던 것 같아요.

나도 그게 습관이 되었던지

나 혼자 지내면서 내 몸 하나 시원 하자고 에어컨을 켜고 사는

게 그래서 장날에 모기장을 하나 샀어요.

모기장을 치고 창문을 모두 다 열어 놓고 누우니까

옛날 생각도 나고 밤공기도 제법 시원하네요.

어린 시절에는 집집마다 모두 모기장이 있었는데

어느 날부터 모기장이 사라지기 시작했어요.

내 기억에는 살림살이가 피어나면서 에어컨을 설치하는 집들이

생겨났는데

아마 그때쯤부터 모기장이 서서히 사라졌던 것 같아요.

테레비가 귀하던 시절에 집안에 안테나가 높이 달려 있으면

아! 저 집은 안테나가 있는 걸 보니 테레비가 있는 부자인가 보다 짐작했던 것처럼 한여름 찜통더위에 방문을 꼭꼭 닫고 있으면

아! 저 집은 에어컨이 돌아가고 있는 부잣집이구나 그렇게 생각했던 것 같아요.

모기장은 유년 시절 추억의 단어장에 꼭 들어가던 단어잖아요.

모기장을 치고 식구들이 함께 옹기종기 누워서 라디오를 들으며 여름밤을 나던 생각이 나요.

그때는 모기장 천정이 여름 밤하늘처럼 무척 높다는 생각이 들었었고 모기장 안이 무척 아늑했어요.

모기장이 방탄조끼처럼 모기뿐 아니라

세상의 어떤 위협도 막아줄 것 같은 아이언 돔 같기도 했는데

왜 그랬나 생각해 보면,

엄마와 아버지와 식구들이 곁에 함께 있어서 심리적으로 안정되고 든든해서 그런 마음이 들지 않았었나 싶어요.

유년 시절의 모기장은 한여름 밤의 더위와 모기만 막아주던 게 아니었구나,

모기장 안에 또 다른 우주가 있었구나,

그런 생각이 들어요.

그때는 몰랐는데 모기장 안에 홀로 누워 회상을 해보니

그때 그 모기장 시절이 좋은 시절이었다는 것도 잘 알겠어요.

희
망
사
항

할머니는 내가 국민학교 3학년 때 돌아가셨고요,

할아버지는 내가 중학교 1학년 때 돌아가셨어요.

두 분 다 집에서 돌아가시고 집에서 장례식을 치렀어요.

할머니는 여름에 돌아가셨는데 갑자기 장맛비가 내리기도 했던 기억이 나고

그때 내가 막 자전거를 배우기 시작할 때라서 할머니가 돌아가신 슬픔보다

자전거를 빨리 달리고 싶은 마음이 더 컸었던 기억이 나요.

할아버지 돌아가셨을 때는 염쟁이 아저씨가 할아버지 염을 하고

수의를 입히던 모습이 생각나요.

태어나서 처음 보는 모습이라서 함께 살던 할아버지라도 시신이라고 생각하니 무척 무서웠는데,

중학생 정도 되었으니 막내도 봐야 한다며

아버지가 저를 앞에 세우셔서 염하는 모습을 가까이에서 본 기억이 있어요.

그때는 장례식장이 따로 있지도 않았고

병원에서 돌아가시는 분들도 많지 않아서

집에서 돌아가시고 집에서 장례를 치르는 문화가 무척 일반적이었던 것 같아요.

마당에 큰 천막을 치고 장판을 깔고 음식상을 줄줄이 깔아놨는데

할아버지가 돌아가셨을 때는 할아버지 연세 90에 돌아가셨으니 호상이라고 곡소리가 하나도 나지 않았는데

고모가 서럽게 울던 생각이 나요.

나중에 생각해 보니 고모가 3남 1녀의 외동딸이라서

할아버지가 많이 귀여워하셔서 더 슬픔이 크셨나보다 그런 생각이 들더라고요.

마당 한 귀퉁이에 큰 솥을 걸어놓고 육개장인가 국밥인가를 펄펄 끓여내면

동네 아저씨들 아주머니들이 다 오셔서 떠들썩하게 마시고 먹고 화투도 치면서

장례식이 아니라 구순 잔치 같은 그런 분위기였던 기억이고요,

그때는 마을에 망태 아저씨라고 하는 고물 장사 아저씨들도 많았는데 장례식 내내 수시로 들락거리면서 빈 술병도 주워가고 술도 마시고 밥도 먹던 생각도 나고요.

장례식이 그렇게 침울하고 슬픈 기억으로만 남아 있지 않고
줄지어서 만장을 들고 꽃상여를 타고 가던 모습이
영화 속의 한 장면처럼 남아 있기도 해요.

그래서 그런지 나는 엄마 아버지도 집에서 주무시다 돌아가시고
장례식도 집에서 하는 걸로 알았어요.
새집을 지어서 이사를 올 때도 내가 아버지한테
"아버지 화장실은 마당에도 있어야 해요. 그래야 장례식 때 조문
객들도 편해요." 그런 말을 자연스럽게 했었잖아요.
그때 아버지도 "맞다! 밖에도 화장실이 있어야 집에서 큰일 치를
때 편리해." 그렇게 말씀하시고 설계를 하시던 송 사장님을 불러서
마당에도 화장실을 지어 달라고 하셨잖아요.

그런데 정작 아버지는 집에서 돌아가시지도 못하고 병원 중환자
실에서 돌아가셨고,
장례도 집에서 못 치르고 장례식장에서 했잖아요.

엄마는 고맙다 했고 나는 안녕이라 했다

아버지가 병원에서 돌아가시고 시신을 모셔 와서 염을 하는데

염은 내가 어릴 때부터 우리 동네 이장님이었던 아저씨가 해주셨지요.

아는 분이 아버지 마지막 길을 모셔 주시니까

슬픈 와중에도 마음이 따뜻하고 좋았어요.

이제 엄마도 아버지 곁으로 가실 텐데

워낙 병이 깊으시니 엄마도 병원을 벗어날 수가 없을 것 같아요.

다만 아버지 때처럼 중환자실에서 기도 삽관하고

여기저기 몸에 주삿바늘을 꽂고 돌아가시지 않았으면 해요.

그게 저의 마지막 희망사항입니다.

고요하고 적막하게

집중 치료병실에 누워있는 환자들은 거의 의식이 없고

콧줄이나 뱃줄로 영양공급을 받습니다.

식사 시간에는 흔히 들리는 젓가락 소리 숟가락 소리 씹는 소리

하나 없이 병실이 고요합니다.

환자들의 끼니가 머리맡에 걸려있는 피딩 용기에서

튜브를 타고 고요하게 몸으로 흘러 들어갑니다.

그런 날들이 고요하고 적막하게 흐르다가

어느 날 아침에 침대가 비어 있으면

그 자리에 누워 계셨던 환자가 세상을 떠난 것입니다.

그리고 오후가 되면 그 자리에 다른 환자가

다시 들어와서 누워 계십니다.

은행 창구 앞에서 번호표를 들고 있다가

호명하면 자연스럽게 창구 앞으로 다가가서 앉거나

줄을 길게 서 있는 맛집에서 내 차례가 되면

식당에 입장을 해서 메뉴를 주문하는 것처럼

자연스럽고 비밀스럽지 않고 공공연한 일상의 한 부분입니다.

아침을 먹고 출근하고 일을 하고,

퇴근하고 침대에 눕는 일과와 인생은 크게 다르지 않다는 걸

병실에 앉아 있으면 몸소 체험하게 됩니다.

죽음은 우리와 아주 가깝게 있고,

이별은 매우 친숙하다는 걸 알려줍니다.

노인들과의 이별은 그리 떠들썩하지 않습니다.

체념과 미련의 중간쯤에서

서로 불안하게 마주 잡은 손을 언제 놓을지 모르는 상태에서

집중관리 병실은 고요하고 적막하게 슬퍼하고

고요하고 적막하게 매일 매일 조금씩 헤어지는 중입니다.

환자와 함께 천사도 늘 침상 옆자리에 함께 누워 있습니다.

천사가 먼저 일어나서 먼 여정을 준비하면

환자도 부스스 함께 일어나서 옷을 벗듯이

이승에서의 육신을 벗고 세상과의 손을 놓고 천사의 손을 잡으
면 그뿐,

이별은 그렇게 고요하고 적막하게 오리라는 걸 알고 있습니다.

우리는 매일 헤어지는 중입니다.

2부

엄마의 몸에서
햇볕 냄새가 나요

빨래 같은 엄마

엄마는 빨랫줄에 널려있어요.

어딘지 불안하게 땅에 내려와 있지 못하고

허공에 몸이 둥둥 뜬 채로 빨래처럼 널려 있어요.

물기를 흠뻑 머금고 널려 있어서 빨랫줄이 휘청 접히고

물방울이라도 뚝뚝 떨어지면 싱그럽기라도 할 텐데

마른 바람에 바짝 말라서, 몸 안의 수분까지 바짝 말라서

바짝바짝 말라서 접으면 뚝 부러질 것처럼 바짝 말라버렸어요.

내가 흘린 눈물이 엄마를 흠뻑 적실 수만 있다면 펑펑 울기라도

하겠는데 내 눈물은 엄마에게 닿기도 전에 말라버려요.

마른빨래 같은 엄마, 봄바람에 나부끼는 꽃잎 같은 엄마의 시절

도 있었는데 이제 바람 한 점 불지 않고 적막한 햇살만 쏟아져요.

빨랫줄에서 바짝 말라가는 엄마의 시간이에요.

엄마에게선 마른빨래에서 나는 냄새가 나요.

깡마른 가슴을 풀어 헤치면

초여름 햇살에 바싹 마른 뽀송뽀송한 수건 냄새가 나고

한지처럼 창백하게 마른 종아리에선

잠자리가 줄지어 앉았던 빨랫줄에 널렸던 홑이불 냄새가 나요.

온몸으로 물을 길어 올려서 어깨 위에도 머리 위에도

계절마다 화사한 꽃이 피어나던 엄마의 몸에서

이젠 햇볕 냄새가 나요.

동그랗게 굽은 엄마의 작은 등에서

형과 누이들의 젖내가 나기도 하고

똥 싼 기저귀 냄새가 나기도 해요.

숨을 내쉴 때마다 해풍에 말린 짭짤한 미역 냄새가 나기도 해요.

한 세기 동안 바짝 말라서 미라처럼 바짝 말라서 온몸의 수분이

바짝 말라서 울어도 눈물 한 방울이 나오지 않는 엄마의 몸에서

햇볕에 바짝 마른빨래 냄새가 나요.

말

없는

말

이상하지요?

엄마가 어떤 말이든 아들이 세상을 살아가는 데 보탬이 되는 말
을 해주실 때는 아무런 말도 귀에 들어오지 않았어요.

어릴 때는 친구만 너무 좋아하지 말라고 하셨고

성인이 돼서는 술을 너무 좋아하지 말라고 하셨지요.

그때는 친구든 술이든 "내가 알아서 할게요, 엄마."

항상 내 대답은 내가 알아서 한다는 거였지요.

지금은 왼손, 왼 다리 편마비가 오고

기억도 희미해지고 혀도 마비가 오고

발음도 어눌한 채 침대에 누우셔서 빈 허공만 바라보는 데

그 모습만으로 예전보다 더 많은 말씀을 하시는 것 같아요.

아무런 말씀을 못 하시는 굳은 혀와 입술이

앞으로 내가 세상을 살아가면서 해야 하고 알아야 할 것들을

다 말씀해 주십니다.

아무런 말씀을 못 하셔도 내가 알아서 들을 수가 있어요.

내가 매일 매일 엄마의 가슴속을 들여다보고 마음속에 있는 자음과 모음을 꿰 맞춰가며 엄마의 목소리를 들어요.

예전에 그렇게 많은 말씀을 해주실 때는 안 들리던 음성이

이제 아무런 말씀을 못 하시지만, 더 큰 울림으로 들려요.

청개구리가 비만 오면 엄마 무덤이 떠내려갈까 봐 개굴개굴 운다는 동화가 있잖아요. 나도 그렇게 울겠지요.

꽃이 피면 들꽃을 꺾어서 물병에 꽂아놓던 엄마가 생각나서 울고 눈이 내리면 "눈이 참 사락사락 조용히도 내린다야." 하시던 음성이 들려서 울고, 엄마가 좋아하시던 게장을 보고 좋아하시던 연어를 보면,

테레비를 보시며 천천히 천천히 식사하시던 엄마의 젓가락 소리가 그리워서 또 울겠지요.

청개구리처럼 비가 와도 또 울겠지요.

아무 말씀도 못 하셔도 백 마디 천 마디,

엄마의 말 없는 목소리가 이제 똑똑하게 다 들려요.

만지고 싶은 것

사랑은 '만지고 싶은 것' 같아요.

병실에 누워 있는 엄마를 보면 반듯한 이마가 만지고 싶고

파란 정맥이 보이는 가느다란 손을 만지고 싶고요,

가끔 목욕탕에 가서 젊은 아빠들과 함께 온 아이들의 토실토실한 장딴지를 보면, 아들이 어릴 때 함께 다니던 그 시절의 목욕탕 생각이 나요.

사랑을 하면 만지고 싶어져요.

손으로 만져야 이게 나의 사랑이구나, 느껴져요.

사랑은 만지는 것 같아요.

상추의 머리를 쓰다듬고 배추의 동그란 등을 쓰다듬는 것

식사를 마친 노모의 어깨를 두드려주며

"진지 자시느라 수고 많으셨어요!"라고 토닥토닥해 드리는 것!!

Love is touch.

늘 만지고 싶은 엄마.

96
번
째

벚
꽃

응급실에 가자마자 콧줄을 끼웠을 때는

콧줄로 식사를 주입하는 경관식이 아니라

콧줄을 빼고 식사를 먹여 드릴 수만 있어도 좋겠다고 생각했어요.

혀가 말려들어 가서 발음을 못 하셔서 대화가 되지 않을 때도

아프면 아프다고, 배가 고프면 밥을 달라고 한마디 의사 표현만

했으면 좋겠다고 생각했고요.

왼손, 왼 다리에 편마비가 오고 누워계실 때는

침대에 앉을 수만 있으면 좋겠다고 생각했고,

조금 더 욕심을 낸다면 휠체어에 앉을 수만 있으면

더 이상 바라지 않겠다고 생각했었어요.

휠체어를 탈 수만 있어도 벚꽃이 피면 꽃구경을 나갈 수 있으니

까요.

그리고 어느 날 밤에 열이 펄펄 끓고 혈압이 곤두박질쳐서 중환

자실에 들어가 계실 때는 정신만 차려주면 좋겠다고 생각했고

아들도 못 알아보시고 정신이 혼미할 때는 얼굴만 알아보면 좋겠다고 생각했어요.

엄마가 병상에 누워있는 동안에 겨울이 완전히 지나가고 봄이 왔어요.

오늘 강가를 지나는데, 벚꽃에 꽃눈이 올라왔더라고요.

내일이랑 모레에도 날씨가 좋다면 글피쯤이면 벚꽃이 피어나기 시작할 것 같아요.

엄마의 96번째 봄에 피는 벚꽃이네요.

벚꽃은 아무것도 모르고 속절없이 필 준비를 하는데

아무것도 모르는 엄마는 병상에 누워계시네요.

병상에 누워계시지만 그래도 매일 엄마를 만날 수 있고 만질 수 있어서 참 좋아요. 참 좋은데,

오늘은 엄마와 얘길 할 수 있으면 참 좋겠다,

엄마가 휠체어를 탈 수 있음 참 좋겠다,

내가 밥을 떠 먹여드릴 수만 있으면 참 좋겠다는 생각이 다시 들었어요.

엄마의 이마를 쓰다듬고 머리를 쓸어 넘겨드리고

"엄마! 아들 알지?" 물어보면,

엄마가 중환자실에 들어갔다 온 이후 처음으로 "고마워"라고 말씀을 하셨지요.

정신이 맑아지시니까 자꾸 더 욕심이 나네요.

의사 선생님도 더 이상 좋아지는 건 연세가 있어서 무리하고 말씀을 하셔서 이해는 하는데 자꾸만 기적을 바라게 되고,

어느 날 엄마가 갑자기 벌떡 일어나셔서 내 손을 덥석 잡을 것 같은 욕심이 들지만, 더 이상 욕심을 부리지 말아야 해요.

지금은 그렇게 만족해야 해요.

96번째 봄이 오고 벚꽃이 피어나는데

엄마의 시간은 무심하게 흘러가요.

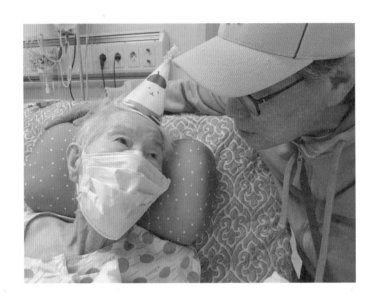

엄마는 고맙다 했고 나는 안녕이라 했다

웃음

문득,

엄마의 웃음을 언제 보았나 생각해 보니

병상에 눕는 날부터 웃음을 보지 못했어요.

반편의 근육이 마비되면서 얼굴의 웃음 근육도 함께 못쓰게 된
건지 병상에 누워있는 엄마가 슬퍼서 웃을 기분이 아닌 건지

알 수가 없어요. 둘 다일 수도 있고요.

웃음을 왜 생각하지 못했을까 생각해 보니

엄마가 고통스럽게 찡그리거나

'아아~' 아파하는 소리만 없어도 다행이라 생각하고

웃음까지는 기대할 여유가 없었던 것 같아요.

기분을 나타낼 수 있는 가장 간단하고 흔한 표현이 웃음인데

평소에는 환하게, 수국처럼 환하게 웃으시던 엄마인데

웃음을 본지 너무 오래되었다는 생각이 오늘 비로소 들었어요.

어쩌면 아마도 앞으로도

영영 엄마의 웃음을 보지 못할 것 같아요.

엄마는 고맙다 했고 나는 안녕이라 했다

오늘은 '엄마!' 불러서 눈을 번쩍 뜨시면

내가 먼저 활짝 웃어볼게요.

잘 될 수 있을 진 모르겠어요.

나도 웃어본 지가 너무 오래되었잖아요.

아침이슬

엄마!!

내 친구 병민이 어머니가 돌아가셨어요.

오늘은 병민이 모친이 선영으로 떠나시는 아침인데

가수 양희은 선생 모친도 세상을 떠나셨다고 하시네요.

엄마도 가수 양희은 씨 잘 아시지요?

워낙 유명한 가수고 엄마도 '아침이슬'이란 노래는 곧잘 부르시기도 하셨잖아요.

하지만 그보다도 돌아가신 형님하고 양희은 씨가 1951년생 동갑이셔요.

엄마가 늘 말씀 하시기를 형님이 토끼띠라서 명이 짧았다고 하는데 양희은 선생은 젊어서 암에 걸리기도 했는데

잘 극복하고 건강하게 잘 사시잖아요.

인생은 참 모를 일이지요.

며칠 전에도 양희은 씨가 모친과 함께 찍은 건강한 모습을 사진으로 봤었는데 하루아침에 돌아가시기도 하셔요.

이렇게 노인들은 아무런 말씀도 안 하시고 당신이 가실 길을 가십니다.

　기차처럼 시간이 되면 떠나는 게 아니라 시간과 상관없이 운명이 손짓할 때

　그때 자리에서 일어나셔서 그간 덮어 온 삶의 이불을 혼자서 개키고 홀연히 떠나십니다.

　그래서 늘 노인과의 이별은 준비가 없는 이별인 것 같아요.

　겨울 동안 많은 분들이 세상을 떠나셨습니다.

　살아온 세월만큼 익숙해지는 것들이 있고

　겪어도 겪어도 익숙해지지 않는 것들이 있는데

　이별이 그렇습니다.

　병민이 어머니는 재작년에 먼저 가신 아버님을 오늘 만나시겠네요.

　열세 살에 떠나셨다는 양희은 선생 아버님도 어머니를 오늘 만나시겠네요.

　한세상 살아 내시느라 수고들 많으셨습니다.

　한도 많고 정도 많은 세상 원 없이 내려놓으시고

엄마는 고맙다 했고 나는 안녕이라 했다

편안히 천국에 이르시기를,

어찌 보면 삶은 아침이슬 같다는 생각이 들어요.

아침에 풀잎에 맺혀있는 영롱한 이슬도

해가 뜨면 어느 순간 사라지고 말지요.

그게 아주 자연스러운 자연의 현상이듯이

삶도 어느 순간에 홀연히 사라져 가는 것 같아요.

'나 이제 가노라 저 거친 광야에 서러움 모두 버리고 나 이제 가노라.' 아침이슬 가사처럼요.

바
다

태연이를 데리고 엄마를 보러 병원에 가면서

엄마가 손자를 알아보실까 못 알아보실까 궁금했는데

태연이가 엄마 귀에 대고 "할머니 태연이 왔어요." 하자마자

눈을 번쩍 뜨셔서 나도 놀랐어요.

유일하게 거동하는 오른손을 뻗어서 태연이 얼굴을 쓰다듬으실

때는 내가 눈물이 왈칵 쏟아져서 한참을 울었어요.

엄마랑 태연이랑 세 식구가 한집에서 10년을 함께 살면서 참 행
복했던 추억도 많았고 아들과 엄마에게 참 고마운 기억도 많아요.

물론 힘들기도 했어요.

한여름엔 더위를 많이 타는 태연이 때문에 에어컨을 자주 틀어
야 하는데

엄마는 에어컨 바람을 싫어하시니 태연이가 선풍기로 더위를 달
래야 할 때도 많았고요,

고기반찬을 좋아하는 태연이와 야채를 좋아하시는 엄마의 식성

에 맞게 밥상을 차리느라 주말에는 밥상을 여섯 번을 차리기도 했
었잖아요. 즐거운 추억이기도 해요.

　내가 정성껏 차린 밥상을 태연이가 맛있게 먹어주고

　엄마가 맛나게 드셔주시는 게 참 보람이 있었어요.

　식사를 마치고 나면 내가 엄마에게 늘 "식사 하시느라 수고 많으
셨어요." 그랬지요.

　그럼, 엄마가 이어서 후렴구처럼 "먹는 사람이 무슨 수고를 해
밥 한 사람이 수고를 했지."

　그렇게 주고받는 말들도 참 즐거웠어요.

　엄마!!

　오늘 엄마를 만나고 병원을 나서는데

　태연이가 "아빠 바다 보러 갈래요?" 그러더라고요.

　할머니가 뇌경색으로 쓰러지신 이후로 아빠가 간병하느라 힘들
었겠다는 생각이 들었나 봐요. 태연이가 운전하고 대천 해수욕장
에 가서 바다를 보니까

　가슴이 시원하고 뭔가 가슴속의 매듭이 한 올 풀리는 느낌이 들
었어요.

바다에 가서 할머니랑 같이 왔으면 좋았을 텐데 그런 얘길 두런 두런 주고받으며 해변을 걷고 왔어요.

태연이는 참 반듯하게 잘 키운 것 같아요.

혼자서 반듯하게 잘 자라준 게 맞지만요.

엄마!!

엄마도 함께 바다를 볼 수 있을까요?

사
소
한

즐
거
움

아들이 초등학교 저학년일 때

담임 선생님이 가훈을 적어 오라는 숙제를 내주셨어요.

그때까지 우리 집엔 가훈이란 게 없었기 때문에

가훈을 급조해서 '사소한 즐거움'이라고 쓰고,

사람이 큰 뜻을 품고 거룩하게 사는 것도 좋지만

아빠가 살아보니까

"거룩한 것보다 사소한 즐거움을 자주 느끼는 게 행복하더라."

고 부연 설명을 해줬는데

　　말이 씨가 된 건지 그 이후로 계속 가훈처럼

　　사소한 즐거움으로 살게 된 것 같아요.

　　오늘은 아침에 일어나서 마당에 자라기 시작한 풀을 두 수레나

뽑았더니 사소하게 즐거웠어요.

　　역시 사람은 몸을 적당히 움직여 줘야 정신 건강에도 좋아요.

　　땀을 뻘뻘 흘리고 나서 찬물로 샤워하고

엄마에게 가는 길

편백 베개를 사 가서 베개를 바꿔드렸어요.

사소하지만 즐거웠어요.

이제 내가 해드릴 수 있는 게

양말이나 갈아 신겨 드리고, 마사지나 해드리고,

물수건으로 얼굴이며 손발을 닦아 드리는 것밖에 해드릴 게 없

지만, 그 또한 사소하지만 감사하고 즐거워요.

만질 수 있다는 것!!

평소엔 사소하게 느껴지지만

사랑하는 사람을 만질 수 있다는 것은

대단한 축복이에요. 그것만으로도 감사해요.

사소하지만 오늘도 감사해요.

진
통
제

병원에 입원하고 한두 달 동안은

엄마가 끙끙 앓는 소리도 내고 아프다고 말씀도 하셨었는데

언제부터인가 앓는 소리도 아프다 소리도 없어요.

엄마의 통증이 이제 자리를 잡고 참을 만해 지신 건지

아니면 아픈데 아프다는 표현마저도 못 하고 계신 건지

그렇다면 엄마는 얼마나 기진맥진하실지 안타까워서 재활 의학과 의사 선생님께

"편마비가 되면 마비된 부위에 계속 통증이 있다고 했는데

근육은 마비가 되었는데 어떻게 통증은 마비가 안 되나요?" 하고 물어봤더니

예전에 월남전 참전했다가 다리가 절단된 상이용사가 있었는데

무릎 아래로 절단이 됐는데 발목이 자꾸 아프다 했다는 거예요.

환상통이라나 그런 것도 있다고 해요.

통증은 참 여러 가지 모습으로 우릴 아프게 하나 봐요.

예전에 사리돈 이란 진통제를 늘 챙겨 다니던 때가 있었어요.

그때는 어디든 자주 아팠었는데

그게 두통이든 치통이든 근육통이든

사리돈 한 알을 혀에 감아 목으로 넘기기만 하면

그렇게 아프던 통증이 가라앉고 안온한 상태가 되는 게 놀랍고 신비로웠어요.

마치 무당이 버선발로 펄쩍펄쩍 뛰고

꽹과리 소리가 시끄러운 굿판에 있는 듯한 요란한 통증에서

갑자기 공간 이동을 해서 조용한 호숫가에 앉아 있는 듯한

그런 평화로움이 찾아오더라고요.

세상에 이런 신비스러운 묘약이 없어요.

사람의 지위고하를 막론하고 남녀노소를 불문하고

통증은 모든 이에게 평등하게 찾아오지만,

그 아픈 통증을 일순간에 잠재우는 사리돈이 정말 신통하다고 생각했어요.

엄마!

혼자서 감당하기 힘들 정도로 마음이 아플 때 그런 생각을 해요.

'아! 그때 그 사리돈처럼 마음 진통제 같은 게 있어서

한 알을 목에 넘기면 일순간에 마음의 고통도 사라지는 진통제

가 있으면 좋겠다.' 그런 생각을 하는데

마음이 아플 땐 약도 없어요.

그냥 그대로 아픔의 비바람이 불면 그 비가 지날 때까지 다 맞아

야 아픔도 지나가고요,

슬픔의 우박이 압정처럼 내 정수리에 내리꽂혀도

우박이 그칠 때를 묵묵히 기다려야 아픔도 그치더라고요.

인생은 그냥 살아지는 게 아니라 감당을 해내는 것이란 걸 엄마

가 아프고 나서 배웠어요.

가르치시길 좋아하시는 윤희병 선생님은

병고를 치르면서도 몸소 가르침을 주시네요.

사
라
진
다

언젠간 다 사라지겠죠?

깊은 시름들도 다 지나가고

언젠가는 이 아픔들도 다 사라지겠지요.

눈에 보이는 것들이 먼저 사라지고 나면

마음속에 남아있던 기억들도 다 사라지겠지요.

신기한 것은 다 사라져도 남은 사람들은 다시 살아가요.

다 사라졌는데 어떻게 다시 살아갈 수 있을까 싶지만

모두 슬픔을 뒤로하고 아무 일 없었던 것처럼 다시 살아가요.

망각의 힘이 없다면 세상은 거대한 무덤이겠지요.

하지만 사라지는 게 사실은 없어지는 게 아니라

우리의 가슴 깊숙한 서랍에 밀봉해 놓는 것이란 걸 알아요.

눈앞에만 없을 뿐 영원히 사라지진 않아요.

엄마의 장독대도 언젠가는 사라지겠지요.

아버지의 추억도 엄마 살갗의 감촉도

점점 옅어져서 사라질 날이 올 것만 같아요.

엄마가 시집올 때 가지고 오셨다는 깍두기 항아리도

엄마가 새댁 때 장만했다는 재봉틀도

언젠가는 다 사라져 가겠지요.

사라지는 것들이 안타까운 것보다

잊혀진다는 게 쓸쓸한 것 같아요.

살다가 살다가 내가 엄마를 잊고

나조차도 잊을 날도 올 테지요.

잊혀지고 잊는다는 건 차마 쓸쓸하지만

잊혀지지 않는다는 것도 고통일 것 같아요.

그보다는 쓸쓸하지만, 잊혀지는 것이 어쩌면 축복일까요?

강
변
살
자

우리 식구들은 어릴 때부터 금강 변에 살았었죠.

구아리 41번지에 살 때는 할머니 할아버지도 모시고

아버지 엄마, 형님과 형수님과 조카들도 함께

대가족 3대가 함께 살았잖아요.

유년의 추억을 떠올리면

아침마다 부엌의 아궁이 앞에 쪼그리고 앉아서 풍로를 돌리며

콩깍지에 불을 지피던 생각이 나요.

허가받은 불장난이라 아궁이에 불을 때는 게 참 재미있었어요.

늦가을쯤 찬바람이 불기 시작하는 계절에

아궁이 앞에 앉아 불을 쳐다보고 있으면

손발이 따뜻하고 마음이 평안해지던 기억이 나요.

아침마다 가마솥에서 뿌옇게 김이 올라오던 추억이 오래 남아

있는 것처럼

엄마 아버지, 형과 누이들이 유년의 추억 속에 있는 것처럼

내 유년의 기억 속엔 늘 강이 있었어요.

금강에서 퍼 올린 물안개가 우리 집 마당까지 흘러올 정도였으

니 지척에 강물이 흐르던 마을이었잖아요.

놀거리 먹거리가 변변치 않았던 시절인지라 동무들과 강가에 나

가서 강물에서 멱도 감고 자맥질해서 말조개도 잡구 낚시도 하고

강변에 지천이었던 땅콩밭에서 땅콩도 따 먹고

뽕나무밭에서 입술이 까매지도록 오디도 따먹고

강가의 아이들은 그렇게 자라났죠.

그렇게 강물처럼 세월도 흐르고

유년의 강물이 바다에 닿았을 때쯤

어른이 되어서는 한강 변에 살았어요.

국회의사당이 눈 아래 내려다보이고

한강에 유람선이 떠다니는 아파트에 살면서

촌놈이 제법 출세했다는 생각도 했었어요.

도시는 제법 달콤한 세상이었고 제법 근사했어요.

그렇게 30년을 살아왔는데

마음은 늘 금강을 바라보고 살았어요.

금강 물을 먹던 촌놈은

한강 물보다 금강물이 편했나 봐요.

도시 생활을 정리하고 다시 금강 변으로 내려온 지도

벌써 10년이 되어가네요.

서울 생활보다 옹색하게는 살지만

그래도 고향에 사는 게 마음이 편하고 좋아요.

그뿐이에요.

이룰 수 없는 소망이 있다면

옛날 그때처럼

엄마 아버지 형들과 누이들이 다 함께

금강 변에 모여 살아 보는 거예요.

빛나는 김소월의 시처럼요

엄마야 누나야 강변 살자

뜰에는 반짝이는 금 모랫 빛

뒷문 밖에는 갈잎의 노래

엄마야 누나야 강변 살자

이번 생에는 이룰 수 없는 소망이지만

다음 생에는 엄마 다시 꼭 강변에 함께 살아요.

엄마는 고맙다 헸고 나는 안녕이라 헸다

교
통
사
고

엄마!! 내가 스물예닐곱 살 때쯤 방송작가 하던 시절에

광화문에서 교통사고가 크게 난 적이 있잖아요.

8차선×8차선 왕복 16차선 도로에서

새벽 3시에 그것도 비까지 내리던 날에 횡단보도에서 뺑소니를
당했는데

그날 세종문화회관 앞에서 예비군 훈련을 하던 아저씨들 목격
담으로는 승용차와 부딪치고 내 몸이 5미터는 날아갔는데

크게 안 다치고 그만하길 다행이라고 했대요.

그때 엄마가 엄청 많이 놀라셨지요.

나중에 간호사가 말을 해줘서 알았는데 내가 응급실에 누워서
도 무의식중에 계속 엄마 놀랜다고

엄마한테 전화하지 말라고 그랬다고 하더라고요.

아무튼 그날 새벽에 마침 사고 현장을 지나던 택시 운전사가

기절한 나를 태우고 병원 응급실에 눕혀놨고

예비군 아저씨들이 종로 경찰서에 사고 차량 번호까지 신고를

해줘서 불행 중 다행스럽게 뺑소니 차량을 잡을 수 있었잖아요.

　다음날인가 종로 경찰서에서 경찰 몇 분이 오더니

　다짜고짜 나한테 말하길,

　왜 하필 사고가 나도 청와대 차에 받혔냐는 거예요.

　아니 차량이 청와대 차든 백악관 차든 사람을 들이받고 뺑소니를 친 사람이 잘못이지 들이 받친 내가 무슨 잘못이겠어요.

　그때가 6공화국 노태우 대통령 때인데

　보통 사람 노태우 대통령을 경호하는 경호실 차량이라서

　경찰서에 피의자 조사를 받으러 오라 해도 통 오질 않는다는 거예요.

　그 말을 들으니까 더욱 괘씸하더라고요.

　나는 차에 받혀서 이가 왕창 나가고 다리까지 깁스를 하고 누워 있는데 청와대 경호실 끗발을 부리고 있잖아요.

　내가 그때 피 끓는 20대 때니까

　이 녀석 한번 끝까지 해보자 그런 생각이 들더라고요.

　그러던 어느 날 낮에 그 녀석이 바나나 한 손을 들고

　종로 경찰서 형사를 대동하고 병원에 나타나서 죄송하다고 사과를 하는데 어찌나 화가 나던지 바나나 한 손을 병실 바닥에 집어 던져 버렸 잖아요.

그리고 그날 밤에 아버지가 병원에 오셨을 때 내가 자초지종을 말씀드리면서 그 녀석 괘씸하다고 말씀드렸더니,

그렇지 않아도 그 사람이 아버지께 전화가 왔는데

지금 집사람도 아프고 아기도 아프고 살림도 어렵다고 합의금은 많이 못 드리지만, 성의껏 드릴 테니 합의를 부탁드린다고 했다는 거예요.

그 말을 들으니 화가 더 나더라고요.

다친 사람에게 먼저 사죄하고 합의를 부탁하는 게 순서인데

이 녀석이 기본이 안 된 녀석이란 생각이 들더라고요.

하지만 아버지께서 그 사람 집도 어렵고 젊은 사람 앞날도 있으니

조용히 넘어가자고 설득하셔서

분이 안 풀리긴 했지만, 아버지 말씀대로 꾹 참고

합의금 몇 푼에 형식적인 합의를 하고 넘어갔었잖아요.

그때 사고를 당하고 지금까지는 교통사고가 없었는데

어저께 엄마 보러 병원에 갔을 때 얌전하게 주차를 해놓은 내 차 를 트럭이 들이받는 사고가 났었어요.

전화가 와서 내려가 보니 뒤 문짝이 박살이 나 있더라고요.

피의 차량은 1톤 트럭이었는데

운전자가 왼손 손목이 없는 장애인인 데다가 무면허에 무보험,

엄마 있는 병원에서 일주일에 세 번 월 수 금 투석을 받아야 하는 환자였어요.

당황스럽고 난감한 상황이었는데

손목 절단 사고를 당하고 적성 검사를 제때 받지 않아서 면허가 취소되었다는데

내가 보험사를 부르면 무면허 신고가 되고 경찰조사를 받으면 생계가 힘들다고 하더라고요. 나도 당황스럽고 난감했지만

나보다 더 가난해 보이는 그 사람은 더 난감하겠더라고요.

밤새 고민하고 고민하다가 보험 접수를 하지 않고

뒷 문짝을 대충 동네 정비소에서 야매로 고치고 그냥 넘어가기로 했어요.

근데 그때 어떤 기시감이 들고 예전 아버지 생각이 나더라고요.

내가 20대 때 사고를 당했을 때 아버지도 60대였고

나도 이제 60대가 되었잖아요.

60대가 되면 세상을 꼭 법대로 논리대로 보지 않나 봐요.

세월이 흐르고 나서야 그냥 넘어가 주자고 하셨던 그때의 아버

지가 조금은 이해가 됐어요.

세월이 흐르면 세상을 더 이해할 수 있겠지요?

그런 걸 보면 세월이 선생인 것 같아요.

개
구
리
소
리

엄마가 참 좋아하는 계절이 왔어요.

이른 봄 마당에 동백꽃이 피었다가 하나둘 떨어질 때면 담장 밑
에 목련이 피어나고,

목련이 시들해질 때쯤에 엄마가 좋아하는 벚꽃이 피어나고,

이어서 수선화도 피어나잖아요.

하늘이 차츰 맑아진다는 청명이 지나고 한식이 지나고 나니

올해는 벌써 개구리가 울기 시작했어요.

밤 되면 강둑 아래 이장네 논에서 들려오는 개구리 울음소리가
듣기 좋다고 하셨는데

병실에 계시니 올해는 개구리 울음소리도 들으실 수 없겠네요.

어젯밤에도 재잘대는 개구리 울음소리랑

관악기처럼 울림이 큰 황소개구리 소리랑

두꺼비 맹꽁이 소리도 들리는데,

엄마 없는 집에서 혼자 들으려니 울음소리가 우울한 단조의

곡소리처럼 구슬프기도 하지만

밤에 듣는 개구리 소리는 익숙한 자장가처럼 푸근하기도 해요.

소설가 박경리 선생은 세상에서 듣기 좋은 소리 세 가지가

마른논에 물들어가는 소리랑,

소여물 씹는 소리,

아기가 젖 빠는 소리라고 했다는데.

나는 봄밤에 우는 개구리 울음소리와

새벽에 홰치며 우는 닭 울음소리도 참 좋은 것 같아요.

마음이 우울할 때 논과 밭 사이를 돌아서 밤마실을 나가면

기다리고 있었다는 듯이 일제히 공습경보처럼 개구리가 울기 시
작해요.

경쾌하고 장엄한 오케스트라 같기도 하고

밤공기를 가르는 씩씩한 생명력이 느껴져서 감동적이기도 해요.

올봄엔 엄마가 처음으로 못 하시는 게 많네요.

첫째는 매년 기다렸다 보시던 벚꽃을 보지 못하시고요,

둘째는 한 번도 거르지 않고 꼭꼭 하셨던 선거를 처음으로 못
하시네요.

23대 총선은 엄마 없이 저 혼자 가야 해요.

셋째는 곧 돌아오는 96번째 생신 케이크에 촛불을 끄지 못하시 겠네요.

엄마가 병원에 누워 계신 이후로 개구리가 더 슬피 울어요.

측은지심

굳이 맹자를 논하지 않더라도

세월이 흐르면서 자연스럽게 알게 되는 게

'측은지심'인 것 같아요.

세상에 태어나는 모든 생명은 다 귀엽고 사랑스럽지만

세상의 끝에 와 있는 모든 생명은 모두 다 측은해요.

어쩌면 예쁘고 사랑스러운 마음보다 측은해서 사랑스러운 마음이

훨씬 깊고 진할 수 있겠다는 생각도 들어요.

내가 지금 노심초사 엄마 곁을 지키는 것도 기꺼이 지킬 수 있는

힘도 사랑의 힘보다도

측은지심의 힘인 것 같아요.

세상의 끝자락에 있는 모든 생명은 다 측은하고

특히 세상의 모든 엄마는 모두 다 측은해요.

바라만 보고 있어도 측은하고

만져만 봐도 측은하고

말을 걸어 봐도 대답을 못 하시는 게 더욱더 측은해요.

엄마!!
이렇게 세월이 흐르면
아마 나도 세상의 끝에 서 있을 테고
아마 나도 측은해질 테지요.
우리가 측은할 수 있는 것도
세상에 태어난 행운의 혜택이라고 생각을 하시자구요.
선택받지 못하고 세상에 태어나 보지도 못한 무구한 생명들은
측은해질 은총을 누려보지도 못하고 우주의 먼지로 흩어져 간
것이니까요.
그러니까 엄마!! 우리는 맘껏 측은해지기로 해요.

다시 여름

어린 시절은 미련이 많이 남기도 하고 미련하기도 했어요.

어릴 때는 붕붕거리며 날아다니는 것들

잠자리라거나 메뚜기라거나 매미 같은 것들이나

개구리처럼 뛰어다니는 것들이나 그런 것들을

왜 그리 잡으려고 했는지 모르겠어요.

잡아서 가지고 있어 봐야 오래 키우지도 못하는데

잡지 말고 보일 때마다 보면 좋은 건데 말이죠.

어릴 때는 내 손안에 있어야만 내 것이라는 생각을 했던 것 같아요.

나이가 들어서도 미련하긴 마찬가지였던 것 같아요.

잠자리나 개구리를 잡아서 곁에 두고 싶어 했듯이

마음에 드는 사람이 있으면

왜 그리 곁에 두고 싶어 했나 모르겠어요.

곁에 있을 사람은 어차피 곁에 있고

떠날 사람은 어차피 떠나는데 말이에요.

나이를 좀 더 먹고 나서야 알았는데

무엇이든 내가 가진 것은 손안에 쥔 모래 같아서

손가락 사이로 빠져나가고 남은 모래만 내 모래였어요.

모래는 움켜쥐면 쥘수록 손가락 사이를 비집고 빠져나가요.

엄마는 내 손안에 마지막까지 남아있는 모래알 같아요.

엄마!!

여름이 오고 있네요.

텅 빈 마당에 해가 머무는 시간이 길어지고 있어요.

엄마는 햇볕이 좋은 날이면 햇볕 한 줌도 아깝다고 하시며

마당에 고추도 내다 말리고 눅눅한 이불도 내다 말리곤 하셨지요.

지금도 빨랫줄에 걸려있던 이불에서 나던 햇볕 냄새가 기억나요.

아! 햇볕에도 냄새가 있구나 그랬던 기억이 나요.

살면서 배운 것들은 여름에 배운 것들이 많아요.

형에게 낚시를 배운 것도 여름이고요,

수영을 배운 것도, 자전거를 배운 것도 여름방학이었어요.

봄은 뭘 배우기엔 꽃피는 시절이 너무 짧고

가을은 여름과 겨울 사이에서 계절이 너무 짧고

겨울은 무엇을 배우기엔 너무 춥고 해가 너무 짧아요.

열대야가 있고 먹장구름에 장대비가 내려도
나는 유년의 여름에 많은 걸 배운 것 같아요.
여름은 집이 없어도 얼어 죽을 일이 없고
해가 길고 산천이 푸르르니 외로워 죽을 일도 없어요.

여름이면 선풍기가 느리게 돌아가는 방바닥에 누워서
엄마도 나도 웃통을 벗어젖히고 '전국 노래자랑'을 봤잖아요.
땡!! 소리가 날 때마다 깔깔깔 웃으면
마당에서 울던 매미가 울음을 그쳤다 다시 울곤 했지요.
다시 여름이 오네요.

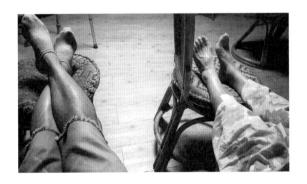

연필

엄마 생각이 나면 연필을 깎는지

연필을 깎으면 엄마 생각이 나는 건지 잘 모르겠는데

신새벽이나 밤늦게 후줄근한 츄리닝을 입고

홀로 앉아서 연필을 대여섯 자루 깎고 있으면

연필을 깎을 때 나는 향나무 냄새가 방안에 은은해서 좋고

연필을 깎을 때 나는 사락사락 소리가 창밖에 눈이 내리는 소리
같고 나뭇잎들이 수런대는 소리 같아서 좋아요.

연필을 깎으면 새 연필로 뭐라도 쓰고 싶어져서

백지 위에 '산당화'라고 써보면

봄에 마당 한쪽에 흐드러지게 피던 산당화가 눈에 보이고

'장마'라고 쓰면

어느 해 여름에 국수 줄기처럼 사선을 그으며 거세게 쏟아지던
장맛비가 보이고

높은 음계의 실로폰 소리 같았던 양철 지붕 위의 빗소리가
다시 들리기도 해요.

그리고 엄마!
엄마라고 쓰면 어느 추운 겨울에 한산 큰이모님 댁에 갔다가
호랑이도 나왔었다는 여우 고개를 넘어올 때
목도리를 벗어서 내 얼굴을 꽁꽁 싸매 주시던
엄마의 얼굴이 환한 달빛처럼 다시 떠올라요.
엄마라고 쓰면
내 이마에 정화수 한 그릇이 놓여있는 것 같아 맘이 놓여요.
연필을 깎으면
왜 엄마 생각이 나는지 모르겠어요.

지
상
렬

엄마가 즐겨 보는 프로그램은 '세계테마기행'이나 '전국노래자랑'
정도였고 세상일에 관심이 많으셔서 하루 종일 뉴스를 주로 보셨
지요.

정치 경제 문제는 나보다도 항상 해박하셨는데

그러다 보니 연예인은 거의 모르셨지요.

개그맨 지상렬이 엄마한테 용돈을 드린다고 집에 온 적이 있잖
아요.

유명한 코미디언이라고 아무리 말씀드려도 잘 못 알아들으셔서

그냥 출판사 사장이라고 소개를 해 드렸었죠.

개그맨 지상렬이 느닷없이 출판사 지사장이 된 날이었죠.

엄마에게 건강하시고 오래오래 사시라고 꾸벅 큰절도 올리고

두툼한 용돈 봉투까지 드려서 엄마가 참 즐거워하셨지요.

그게 불과 몇 달 전인데

그사이에 참 많은 일이 있었네요.

나와 엄마는 띠가 같은 뱀띠잖아요.

내가 1965년 뱀띠이고,

엄마도 1929년 뱀띠인데

지상렬은 1970년 경술년 개띠에

모친은 1934년 갑술년 개띠라서 모자간에 띠가 같아요.

나이로 치면 엄마가 지상렬 모친보다 다섯 살 언니시니

당연히 먼저 천국에 가시겠다고 지상렬이 그랬었는데,

지상렬 모친께서 올해 먼저 세상을 떠나셨어요.

오래 앓지도 않으셨고 집에서 주무시다가 편안히 돌아가셨다고
해요.

천국에 가시는 건 순서도 없고 예고도 없어요.

돌아가셨다는 말이 슬프기도 했지만

중환자실이 아니라 집에서 돌아가셨다는 말에 부럽기도 했어요.

편안하게 돌아가시는 것도 큰 복인 것 같아요.

지상렬 같은 착한 아들이 있는 것도 복이고

스물셋에 시집오신 형수님이 40년을 한결같이 모셨다니

어머니가 큰 복이 있는 건 맞는 것 같아요.

어젯밤엔 지상렬이 술이 얼큰해서 전화가 왔어요.

엄마가 돌아가시고 나서
유품으로 남긴 손수건과 가락지를 보고 있자니
엄마 생각이 많이 난다고 해요.
그 말을 들으니 또 그런 생각이 들어요.
편안하게 돌아가시는 것도 좋지만
지금 병실에서 주삿바늘을 꽂고 계셔도
따뜻한 체온을 느낄 수 있고 내가 만질 수도 있는 지금이 좋을
때구나, 돌아가시면 볼 수도 만질 수도 없으니,
지금이 좋을 때구나! 그런 생각이 들었어요.

사람 마음이란 게 차곡차곡 벽돌을 쌓아서 단단하다가도
벽돌 한 장이 빠지면 한순간에 와르르 무너지기도 하잖아요.
매일 매일 마음에 벽돌을 한 장씩 쌓으며
엄마가 세상을 떠나셔도 담담하겠다고 매일 다짐을 해요.
담담하게 보내드리겠다고 다짐해요.

나중에 지상렬 어머니 한송국 여사님과 천국에서 만나시면
지사장이 부여까지 찾아와서 준 용돈 참 고마웠다고 꼭 인사해
주세요.

그리고 그곳에서 심심하지 않게

언니 동생 하면서 함께 지내면 좋을 것 같아요.

김
마
리
아

나의 외할머니, 엄마의 엄마인 김마리아 님은

99세까지 사셨지요.

외할아버지는 일찍 세상을 떠나셨고,

김마리아 혼자서 엄마와 형제자매 구 남매 대식구를 잘 키우셨
는데 종교가 있어서 그럴 수도 있고

천성이 낙천적이라서 그럴 수도 있지만 외할머니를 생각하면 항
상 웃는 모습이 떠올라요.

언젠가 외갓집에 갔을 때 할머니가

"진태야! 할머니처럼 건강하려면 고기 반찬보다도 우유랑 사과
를 많이 먹어라." 말씀하셨어요.

우유랑 사과를 매일 하나씩 드셔서 당신이 그렇게 건강하다고
하시면서 고기보다 훨씬 맛도 좋다고 하셨던 기억이 나요.

그래서 그런지 엄마도 고기를 별로 안 좋아하셨지요.

고기보다는 생선과 계란을 좋아하셨고 사과도 좋아하셨지만

홍시를 더 맛나게 드셨었지요.

고기를 좋아하지 않는 식성도 집안 내력인 것 같아요.

엄마가 기억을 조금씩 잃어갈까 봐서

매일 매일 이름을 물어봐요.

엄마 이름은 무엇인가요?

"윤 · 희 · 병"

작은 목소리로 힘겹게 말씀하시지요.

엄마의 엄마는 누구신가요?

"김 · 마 · 리 · 아"

엄마의 아버지는 누구신가요?

"윤 · 상 · 길 · 씨"

외할아버지 이름을 물어보면 꼭 씨 자를 붙이시더라고요.

뇌의 해마는 가장 최근 기억은 저장하지 못하고

어린 시절의 기억은 가슴에 돌처럼 새긴다고 해요.

그래서 그런지 엄마가 같은 학교에서 교사로 만났던

인물이 잘생겨서 참 좋아했다던 총각 선생님,

60평생을 해로하신 엄마의 남편 이름은 안타깝게도 잊으셨네요.

그렇게 금실이 좋으셨는데 어쩌다 기억의 끈을 놓으셨을까요.

엄마의 아버지고 나의 외할아버지 윤상길 씨는 백 년이 다 되어 가는 세월 동안 잊지 않으셨는데

나의 아버지고 엄마의 지아비인 김응규 씨는 이름을 잊으셨네요.

함께 산 세월도 김응규 씨와 함께 살았던 시간이 훨씬 긴데도 말이에요.

엄마를 보면서 늘 느끼지만

사람은 누구나 엄마 아버지를 가장 오래 기억하고

오랜 시절의 추억을 가장 오래 그리워하는 것 같아요.

나도 엄마가 곁에 있어도 항상 그리워요.

그리운 어머니.

엄마의 엄마 김마리아.

나의 엄마 윤희병 선생님.

엄마는 고맙다 했고 나는 안녕이라 했다

순근이

석성면 비당리에 사는 내 친구 순근이 있잖아요.

순근이가 홀아비로 살면서

홀어머니를 20년이나 모시고 살았잖아요.

순근이가 극진히 잘 모셔서

순근이 엄니가 97세까지 잘 사시다가 돌아가셨는데

내가 순근이한테 궁금한 게 있어서 물어봤어요.

"엄마가 돌아가시고 나니까 뭐가 젤 미안허대?"

나도 엄마가 돌아가시면 마음도 아프겠지만

이것저것 후회되는 일도 많고 미안한 것도 많을 것 같아서 물어 봤더니만 순근이가 그러더라고요.

"엄니가 돌아가시고 나니까 내가 살이 찌더라, 살이 찌는 게 어머니한테 젤 미안 터라."

엄니가 돌아가셔서 마음은 너무 아픈데

삼시세끼 밥 수발이며 병원 모시고 가는 병시중을 안 하니까 몸은 편해서

그렇게 안 찌던 살이 엄니가 돌아가시니까 찌기 시작하는데
엄니가 돌아가셨는데 자식놈이 빼빼 마르지는 못할망정
피둥피둥 살이 찌는 게
엄니한테 제일 미안하더라고 하더라고요.

그리고 아쉬운 건 또 뭐가 있냐고 물어봤더니
순근이네 뒷마당에 감나무가 큰 게 있는데
감나무가 해 거름을 해서
한해는 감이 주렁주렁 백 개는 열리는데
다음 해는 열 개가 채 안 열릴 때도 있잖아요.
순근이 어머니가 대봉감을 무척 좋아하셨는데
마침 감나무가 해거름 하던 해에 돌아가셔서
감을 실컷 못 잡숫고 돌아가셨다고 해요.
그게 젤 아쉽다고 하더라고요.

미안하고 아쉬운 게 어디 한두 개가 아니겠지만
순근이는 그게 제일 가슴에 남아있다고 그러더라고요.

저도 가끔 그런 생각을 해요.

엄마가 세상을 떠나시고

엄마를 묻어 드리고 온 그날 밤 내 마음이 어떨까?

얼마나 죄송한 게 많고 얼마나 아쉬운 게 많을까?

그 생각을 하면 엄마가 요단강을 건너는 그날 밤

어떻게 무엇을 해야 내 슬픔의 강을 무사히 건널 수 있을까

강을 건널 수나 있을지 그런 생각이 들어요.

엄마는 고맙다 했고 나는 안녕이라 했다

3부

낙원과
천국 사이의 엄마

낙원 여인숙

엄마가 꼬마였을 때,

외할머니 외할아버지와 유성 온천에 놀러 가서

셋이 함께 누워서 잤던 온천 여관에서의 하룻밤을 잊지 못한다
고 하셨었죠?

오늘 거리를 걷다가 우연히 눈에 띈 간판 때문에

엄마가 말해 주셨던 유성온천 생각이 났어요.

예전에는 여관보다 싼 숙박업소가 여인숙이었는데

아직도 여인숙이 남아 있더라고요.

여인숙이란 간판도 생소했지만

여인숙 간판이 '낙원 여인숙'이어서 눈에 띄었는데,

간판이 왠지 낭만적이고 정감 있게 느껴졌어요.

저 여인숙에서 하룻밤을 묵는 어떤 나그네든 어떤 가난한 연인
이든 하룻밤이 낙원이었으면 좋겠다는 생각이 들었어요.

마음먹기에 따라서 세상은 어디나 낙원일 텐데

낙원에 살면서 항상 낙원을 꿈꾸며 사는 게 인생인 것 같아요.

물 위를 걷는 게 기적이 아니라
지금 땅 위를 온전히 걷고 있는 게 기적이고 축복이란 말을
매일 매일 실감해요.

엄마가 누워계신 집중 케어 병실의 환자들은
일어설 수도 앉을 수도, 더구나 걸을 수는 더욱 없잖아요.

우리는 한없이 평화롭고 하루하루 달콤한 낙원에서 평생을 살
다가 세상을 떠나면 또 천국으로 가요.
낙원에서 천국으로 이승이 낙원이라면 저세상은 천국이에요.
그러니 엄마 너무 걱정하지 않기로 해요.

지금 엄마가 무의식과 현실 속을 오가며
무수히 많은 생각들을 하실 텐데
어떤 생각을 가장 많이 하실지 궁금해요.
자유롭게 말할 수가 있다면 아마
엄마와 평생 동안 나눈 말보다 더 많은 대화를 나누었을 테지요.

엄마는 고맙다 했고 나는 안녕이라 했다

무엇보다 슬프고 안타까운 건,

엄마가 여리고 소녀 같아서 혼자 떠나실 먼 길에 대해 무척 겁을 내고 있을 것 같아서 그게 제일 안타까워요.

생각 같아서는 내가 엄마 손을 붙잡고 함께

무지개다리를 건너 아버지가 계신 곳까지 무사히 모셔다 드리고

아버지께 엄마 손을 넘겨 드리면 나도 마음이 편할 것 같은데

그럴 수가 없잖아요.

엄마!

일생은 엄마가 하룻밤 지낸 유성 온천에서의 하룻밤처럼 짧지만

그날 밤하늘에서 반짝이던 별빛을 기억하듯이

그 하룻밤의 추억을 곱씹으며 또 평생을 사는 것 같아요.

오늘 거리를 걸으며 우연히 눈에 띈 낙원 여인숙 간판을 보면서

하룻밤처럼 짧은 엄마의 96세 인생 여정도

낙원에서의 하룻밤이었기를 간절하게 바래요.

빈

침

대

엄마가 누워 계신 중환자 병실에선

삶과 죽음이 선 하나를 그어놓고

두발로 양쪽을 딛고 있어요.

삶에서 발을 떼면 다시는 삶으로 돌아올 수가 없어요.

매일 오가는 병실인데 병실에 들어섰을 때

공기가 무거운 어느 날은 천사가 다녀간 날이고

여지없이 침대가 비어 있어요.

며칠 전부터 호흡이 가빴던 앞 침대의 할머니도

오늘 침대가 비어 있어요.

밤사이에 천사가 다녀가셨어요.

매일 와서 할머니 손을 붙잡고 통곡 하시던 할아버지가

임종을 지키지 못했다고 서럽게 서럽게 울어요.

중환자 병실의 죽음은 드라마처럼 그렇게 극적이지 않아요.

현실 속에서 죽음은 너무나 드라이해서 오히려 비현실적으로 느껴져요.

　여기 이 침대 위에 생명이 아직 살아있다는 유일한 신호로

　맥박수와 호흡을 모르스 부호처럼 보여주며 깜빡이던 모니터가

어느 순간 꺼지면 삶에서 발을 떼고 떠나신 거죠.

　병실에서의 죽음은 드라마처럼 극적이지 않아요.

엄마는 고맙다 했고 나는 안녕이라 했다

불쌍해서 그래

뇌경색으로 쓰러지기 불과 몇 달 전만 해도
식사도 하시고 책도 보시고 일상이 평화로웠지요.
동의보감 한의원에 침을 맞으러 외출할 때가 아니면
주로 집에 계셨지요.
아직 눈이 밝아서 테레비로 '세계테마기행' 보는 걸 좋아하시고
나머지 시간은 책을 보셨지요.

엄마 눈이 나보다 더 밝은 것 같아요.
하루 종일 노무현 대통령 자서전을 보고 계셔서
"눈 아프겠네요 쉬면서 봐요" 했더니
"노무현이 불쌍해서 그래" 그러셨지요.

김대중 대통령 자서전을 보실 땐
김대중이 불쌍하다고 하시고
법정 스님 책을 보실 땐

법정 스님이 불쌍하다고 하시고

노모에게는 세상사 모두가 불쌍하신가 봐요.

내가 보기엔 엄니가 더 측은하시구먼요.

지금은 아무것도 못 하시지요.

식사도 못 하시고 휠체어도 못 타시고

책을 읽지도

말씀을 하는 것조차 옛말이 되어 버렸어요.

불과 몇 달 전인데,

하루아침에 일상이 너무 많이 달라졌어요.

엄마가 불쌍하다고 하신 세상 누구보다 더

엄마가 더 불쌍해요.

일흔 즈음

왜 그랬는지 모르겠어요.

젊었을 때는 젊음이 복에 겨웠는지

적당히 늙고 싶다는 생각이 들었었는데

젊었을 때의 희망대로

이젠 적당히 늙어가고 있는 것 같아요.

늙어가는 게 아니라 익어가는 거라는 유행가 가사도 있지만

익어간다고 해서 몸의 노화가 멈추는 건 아니잖아요.

엄마가 꼬마 때부터 봐 왔던 내 친구들도

적당히 잘 늙어 가고 있어요.

이젠 심혈관 질환 때문에 스텐트 시술을 받기도 하고

탈모 때문에 뒷머리를 뽑아서 앞머리에 심는 모발 이식을 하기도 하고

얼굴에 신경을 쓰는 친구는 팔자 주름을 없애는 시술을 하겠다고

팔자 좋은 소리를 하기도 해요.

그렇게 적당히 병도 들고 적당히 늙어 가고 있어요.

젊었을 땐 애인의 오빠였다가
결혼하고 아이의 아빠가 되었고
이젠 손자가 생겨서 할아버지가 된 친구도 있어요.
꼬마들이 할아버지가 되다니 엄마도 참 신기하지요?

요즘 자동차는 일정한 속도를 세팅해 놓으면
지정해 놓은 속도로만 달리는 기능이 있다고 해요.
내 인생에도 그런 기능이 있다면 나는 70살로 세팅하고 싶어요.
늙어가는 것을 적당히 즐기기엔 60살은 너무 빠르고
80살은 너무 늦어요.
70살의 나이로 더 늙지도, 더 젊지도 않게 살 수 있다면
그것도 행복하겠다 싶어요.
70살이 되면,
앞을 내다보고 뒤를 돌아볼 필요도 없이
오늘 하루의 계획만을 세우고
오늘 먹을 끼니만 생각하고

오늘 보고 싶은 사람과

오늘 가고 싶은 곳에 가서

숲도 강물도 노을도 함께 바라보고

지금 하고 싶은 말들을 나눌 것 같아요.

우리가 지금 외롭고 때론 화가 나고 절망적인 건

너무나 많은 시간과 너무나 많은 계획이

있기 때문인지도 몰라요.

구체적인 계획과 성과가 중요치 않고

오늘이 인생의 전부가 될 수 있는 나이가 70살이 아닐까 해요.

옛말대로 일곱 살이 미운 일곱 살이라면

70살은 아름다운 열 번째 일곱 살 같아요.

온 가족이 즐거웠던 엄마의 칠순 생신 때 생각이 나네요.

엄마도 일흔쯤이 행복하셨나요?

아
버
지
의
시
계

아버지가 2012년에 돌아가셨으니까 벌써 12년이 되었네요.

아직도 장롱을 열면 아버지의 양복이 가지런히 걸려 있고

서재에는 아버지 생전에 받으셨던 감사패며 공로패 같은 것들도 그대로 놓여 있고 모든 게 생전 그대로라서

어떨 때는 아버지가 잠시 어디 먼 곳으로 여행을 떠난 것 같은 착각이 들 때가 있어요.

세상을 떠난 사람의 물건을 오래 집안에 놔두면

영혼이 마음 편하게 이승을 떠나지 못한다고 말하는 사람들도 있어서 아버지의 물건들을 치워야 하나 생각을 하다가도

엄마가 치우라고 하기도 전에 아버지 물건들을 내가 미리 치우는 게 도리도 아닌 것 같고

엄마가 아직도 아버지를 가슴에서 떠나보내지 못하고 계시는가 보다 싶어서

하나도 건드리지 않고 그 자리에 그대로 둔 채 12년이 흘렀어요.

저도 막상 아버지의 흔적을 치우는 게 마음이 편치 않았고요.

엄마도 생각이 날 텐데 아버지가 차시던 일제 세이코 손목시계 있잖아요.

내가 국민학생 때 아버지가 차셨던 시계로 기억이 되니까

거의 50년은 된 시계 같은데

집 안 정리를 하다가 바로 그 세이코 시계를 발견했어요.

돌아가신 아버지를 보는 것처럼 반가웠는데

더 신기하고 반가웠던 건 수동 시계를 몇 번 흔들어서 태엽을 감아 줬더니

아버지의 시간을 되돌린 것처럼 초침이 움직이기 시작했어요.

작동이 되리라고는 생각지도 않았는데

멈추어 있던 시계가 움직이기 시작하니까

아버지의 심장이 다시 뛰는 것 같은 느낌이 들더라고요.

몇십 년 동안 꼼짝 안 하고 있던 시계 부속들이

베테랑 마라토너처럼 관절이 꺾이는 소리도 들리지 않고 달리기 시작했어요.

왼손 팔목에 시계를 차고 시계를 보면서

아! 아버지도 이런 자세와 이런 각도에서 시계를 보셨겠다고 생각을 하니 아버지의 싱그럽고 건강한 팔목에 채워져 있었을 그때
나의 국민학교 시절 생각도 났어요.

그리고 오늘 아버지의 시계를 차보고 알았는데
아버지가 나보다 팔목이 굵으셨더라고요.
내가 차보니 시계가 내 팔목에 헐거워요.

50년 전의 시계인데
몇 번을 흔들어 깨우니 초침 분침 시침이 일제히 잠에서 깨는 게 너무 신기하잖아요.
그리고 동시에 아버지의 기억과 그리움들도
함께 흔들어 깨운 것 같아요.
어느 시인이
외로우니까 사람이라고 그랬대요. 맞는 것 같아요.
그리고 오늘 든 생각인데
그리우니까 사람인 것 같아요.
오늘따라 아버지가 더욱 그립네요.

손이 닿지 않는 등

나는,
나의 등을 거울을 통해서만 봐왔지
한 번도 정면에서 본 적이 없어요.
그리고 한 번도 만져보지 못한 한 뼘이 있어요.

샤워할 때 팔을 들어 위에서 밑으로 내려서 닦고
아래에서 위로 손을 들어 올려 등을 닦는데,
도무지 내 손이 닿지 않는 한 뼘의 등이 있어요.

내가 어쩔 도리가 없는 내 손을 떠난 한 뼘이에요.
그래서 가끔은 "등 좀 밀어주세요."
누군가에게 내 등을 보이고 싶을 때가 있어요.
어쩔 수 없는 '간절한 한 뼘'이 있어요.
도무지 내 손이 닿지 않는 곳에 자리 잡고 있어서
내가 손을 뻗어도 어쩔 수 없는 '한 뼘'

엄마는 고맙다 헸고 나잔애앵한넣이렇아헸데

병상에 누워 있는 엄마가 지금 나에게 가장
간절한 한 뼘이에요.

짜
증

내가 기억하는 최초의 짜증이 있어요.

어느 무더운 여름날 폭염에 지쳐서 탈진 상태로 집에 왔는데

엄마가 냉수가 가득 담긴 사발을 주시길래

당연히 나는 설탕을 한 숟가락 탄 설탕물일 거로 생각했어요.

그 당시는 사이다 환타도 귀할 때지만 설탕이 귀할 때라서

어쩌다 한 번씩 설탕물을 타 마시는 게 유일한 단맛이었잖아요.

땀을 너무 많이 흘리고 갈증이 심한 상태라서

단맛을 기대하고 벌컥벌컥 냉수를 들이켰는데

설탕물이 아니고 짜디짠 소금물이었어요.

한 모금을 넘기고 나서 입안에 있는 소금물을 뱉어내고

설탕물을 줘야지 소금물을 주면 어떻게 하냐고 벌컥 화를 냈던
기억이 있어요.

늘 그랬던 것처럼 엄마는 내가 화를 내든 말든

빙그레 웃고 계셨지요.

그 일이 있고 나서 나중에 알게 됐는데

몸 안에 염분이 땀으로 빠져나갔을 때는
소금물을 마셔서 염분을 보충해야 한다는 걸 알았어요.
당장 단맛이 나는 설탕물이 달고 맛있겠지만
기력 회복에는 먹기 불편해도 짠 소금물을 마셔야 했던 거죠.
그게 내가 기억하는 최초의 짜증이고 인생 최초의 짠맛이었던 것
같아요.

세상을 살아오면서 설탕물처럼 달콤한 시절도 있었지만
인생을 살면서 쓴맛도 보았고 인생의 매운맛도 보았어요.

그중에서 가장 기억에 남는 맛은 그해 여름에
엄마가 타 주신 소금물의 짠맛이에요.
그때는 그게 왜 그리 야속했었나 모르겠지만
지금은 그해 여름의 기억이 너무 소중하고 너무 간절해요.
내가 세상의 폭염에 지치고 탈진했을 때마다
엄마는 나의 소금물이 되어주셨지요.

또 한 번만 더 엄마가 냉수에 소금물을 타 주신다면 벌컥벌컥 시
원하게 마실 텐데요.

먼
발
치

세상에서 가장 먼 거리가

머리에서 마음까지의 거리라고 해요.

머리로 생각해도 마음을 먹어도

실행에 도달하기까지의 시간이 오래 걸리기 때문이라고 하는데

그와 반대로

생각을 하기도 전에 마음을 먹는 경우도 있어요.

머리가 시키지 않았는데 마음이 먼저 시킬 때도 있거든요.

그럴 때는 스스로 검토를 해보고

누가 말리기로 전에 마음과 몸이 함께 움직이죠.

위험에 처한 사람을 용기 있게 구해내는 사람들이나

불쌍한 사람을 보면 나도 모르게 '측은지심'이 생기잖아요.

세상에서 가장 먼 거리가 있듯이

세상에서 가장 안타까운 거리도 있는데

그건 '먼발치' 같아요.

눈으로 볼 수는 있지만 말소리는 들리지 않는 거리 정도가

'먼발치'라면 맞을 것 같아요.

무슨 말이든 나누고 싶고 무슨 말이든 듣고 싶은데

말해도 들을 수 없고 말할 수도 없어서

하염없이 바라만 봐야 하는 먼발치.

엄마가 눈앞에 계시긴 하지만

엄마는 먼발치에 계셔요.

세상에서 가장 안타까운 거리 '먼발치'에 계시지만

엄마를 만질 수 있다는 게 행복해요.

볼과 이마를 쓰다듬고 팔과 다리를 주무를 수 있어서

바로 눈앞에 있는 먼발치에 계셔서

그래도 감사해요.

빈
병

나도 나이를 먹다 보니 지나온 인생을 돌아 볼 때가 많아요.

돌이켜 생각해 보면 나는 참 행복한 시대에 살았어요.

1950년의 한국 전쟁도 겪지 않았고,

1960년대는 가난하긴 했지만 희망이 있는 재건의 시대였고,

1970년대는 새마을 운동을 시작으로 그런대로 가난을 벗어나던

시대였잖아요.

아날로그의 시대도 겪어봤고,

디지털의 시대도 살아보고 있으니

그래도 축복받은 세대라고 생각해요.

축복 중에서도 엄마 아버지의 아들로 태어난 것이

제일 큰 축복이었고요.

나의 고향 꽃 피고 새 우는 부여에서 태어난 것도 축복이었어요.

내가 어릴 때는 모내기하기 전에 산수유 개나리가 피어나고

벚꽃이 필 때쯤이면 백제의 고도 부여로 관광버스가 줄지어 들
어왔잖아요.

봄이 되면 상춘객들이 꽃그늘 아래에서 음식을 펼쳐놓고

북 치고 장구 치고 한바탕 놀던 모습이 떠올라요.

시끌벅적하고 요란하게 육자배기도 부르고,

한 많은 대동강에 꿈꾸는 백마강까지 구성지게 부르며 먹고 마
시고 상춘객들이 떠나고 나면 술병과 사이다 환타 병들이 나뒹굴
었어요.

그때는 빈 병이 귀할 때라서 한 자루 가득 빈 병을 모아서 고물
상에 가져다 주면,

뽀빠이나 새우깡이나 크라운 산도까지 웬만한 과자는 다 사 먹
을 수 있는 수입이 생기던 시절이었어요.

내가 산으로 빈 병을 주우러 가는 걸 싫어하셔서

엄마 모르게 동네 친구 녀석들과 낙화암이나 군창지터 둥지를
돌며 빈 병을 주었지요.

요즘도 산천에 꽃이 피어나면
그때 그 시절 빈 병의 추억이 떠올라요.

그때 그 시절의 꽃들은 유난히 울긋불긋하고
유난히 탐스러운 꽃 대궐 같았어요.
이제 봄이 와도 빈 병을 줍는 꼬마들도 없고,
상춘객들의 육자배기 소리도 들리지 않아요.

그때는 엄마도 참 젊었던 시절이라서 그 시절이 더욱 그리운데
매년 봄이 와도 꽃 대궐 같았던 그 시절의 봄은
이제 다시 오지 않네요.

극
장

생각해 보면 엄마와 함께 못 해본 것들이 많아요.

그중에 하나가 함께 극장을 한 번도 못 가봤어요.

내가 국민학교에 다니던 1970년대에 나왔던 <엄마 없는 하늘 아래>라던지

아버지와 항렬이 같았던 영화배우 김진규 어르신이 주인공이었던

<성웅 이순신> 같은 영화는 엄마와 함께 볼만 했을 텐데

그때 그 시절에 엄마는 영화를 볼 만큼 한가하지 않으셨던 것 같아요.

내가 처음으로 극장에 갔던 기억은

국민학교에 들어가서 반공 영화를 단체 관람으로 본 게 처음이었던 것 같아요.

국군이 극적으로 탈출한다거나 인민군을 소탕한다거나

유엔군 폭격기가 적지에 폭탄을 투하하면

우리는 누가 먼저랄 것도 없이 일제히 소나기 같은 손뼉을 치곤

했지요.

그 이후론 친구들과 이소룡이 나오는 무술 영화를 봤던 기억도 있고 <월하의 공동묘지> 같은 공포 영화를 봤던 기억도 있어요.

그때는 극장 안에서 어른들이 담배도 피우고 오징어를 씹으며 소주를 마시기도 하고

극장 구석에서 오줌 지린내가 나기도 하던 시절이었어요.

스무 살이 되어서 처음으로 서울 종로에 있는 피카디리 극장이란 곳을 가봤는데 역시 서울은 다르더라고요.

고속버스처럼 극장에도 좌석 번호가 있어서 신기했던 기억도 있고요,

그때 보았던 영화의 주인공이 '리처드 기어'였는데

그때 느낌이 너무 좋아서 요즘도 나이 든 '리처드 기어'를 영화 속에서 만나면 가까운 친척 아저씨 같은 친근감이 있어요.

내가 언젠가 엄마에게

엄마는 아버지랑 마지막에 봤던 영화가 뭐냐고 여쭤봤더니

<태극기 휘날리며>였다고 하셨지요.

장동건과 원빈이 나온 한국전쟁 영화였는데

영화 속에서 '진태'라는 이름이 자꾸 나와서

전쟁 중에 진태가 전사하면 어쩌나 하고 가슴을 졸이며 보셨다고 하셨지요.

영화배우 장동건의 극중 이름이 진태였지요.

그때 당시에 천만 관객을 돌파해서 화제가 되기도 했었는데

엄마 아버지가 시골극장에까지 가셔서 보실 정도였으니까

영화의 인기가 대단하긴 대단했던 것 같아요.

두 시간 동안 총소리가 너무 요란스러워서 무슨 내용인지 기억도 잘 안 나는데

장동건이랑 원빈이 참 잘 생겼더라고 하셨지요.

언젠가 엄마에게 아버지랑 왜 결혼하게 됐느냐고 여쭤봤더니

짧게 "잘생기셨잖여.~" 엄마가 그랬던 생각도 나요.

"엄마도 잘생긴 남자를 좋아하셨구먼유?" 그랬더니

애나 어른이나 잘생기고 이쁘게 생겨야 대접도 받는 거라고 하셨지요.

그날 엄마 아버지가 <태극기 휘날리며>를 보셨다는 그날은

엄마의 기억 속에 어떻게 남아 있을까요?

병실에 누워계신 지금까지 기억이 남아 있긴 한 것일까요?

엄마가 아프기 전에 그런 얘기들을 더 물어봤어야 했는데

지금이라도 다시 한번 나누고 싶은데

엄마는 아무런 말씀이 없으시네요.

태극기는 여전히 휘날리고 있는데 말이에요.

틀
니

밥을 먹고 나면

엄마의 틀니를 더운물로 닦고 찬물로 헹궈서

엄마의 동그란 입에 다시 끼워줄 때 기분이 참 좋았어요.

어떤 기분이냐면 묘하긴 한데

뜨겁고 젊은 심장을 엄마의 노쇠한 몸속에 이식하는 기분이랄까,

아무튼 식사 후에 틀니를 닦아서 다시 입안에 넣어드리는 일이

경건한 의식 같다는 생각이 들었어요.

'감사하다, 식사 때마다 음식을 잘게 쪼개느라 수고하고 감사하다.'

엄마의 틀니를 바라보고 있으면 그런 생각이 들었어요.

엄마의 틀니는 지어진 지 아주 오래되어서

재건축 플랜카드가 붙은 아파트 같아요.

한때는 멋진 아파트였을 텐데

세월의 풍화 앞에 어김없이 콘크리트에 금이 가버린,

오래된 아파트가 주는 연민이 있잖아요.

엄마의 틀니를 보면 재건축 아파트 같다는 생각이 들었어요.

이젠 콧줄로 식사하시니 내가 틀니를 닦아드릴 수도 없어요.

이젠 엄마의 입과 떨어져서 부엌의 싱크대 위에

엄마의 틀니가 놓여 있어요.

내가 설거지할 때마다 보이는 곳에 틀니를 놔두고

볼 때마다 내가 틀니에 말을 걸어요.

무엇을 씹고 싶나요?

무엇을 씹어 삼키고 싶나요?

엄마의 틀니를 볼 때마다 말을 걸어요.

마
음

엄마!!

마음은 어디에 있는 걸까요?

마음이 분명히 아픈데

마음이 어디쯤 있는 건지 잘 모르겠어요.

내 마음이 이리저리 갈피를 못 잡을 때가 많은 걸 보면

아마도 간과 쓸개 중간쯤에 마음이 있어서

간에 붙었다 쓸개에 붙었다 하는 건지 모르겠어요.

영정사진

엄마 영정사진 찍을 때만 해도

휠체어도 안 타고 지팡이만 짚고 갔었잖아요.

그때만 해도 엄마 다리로 400m 허들도 달리겠더라고요.

엄마랑 같은 교회 다니신다는 사진관 사장님이

베레모를 쓰고 사진기를 들고 나타나시는데

왠지 예쁘게 찍어주실 것 같았어요.

엄마가 사진기 앞에 앉자마자

"요즘은 한복 입고 안 찍응께 권사님 입고 오신 대로 양장으로
그냥 찍게 앉아유." 하시는데 여기로 오길 잘했다 싶더라고요.

나도 한복보다는 양장을 입었으면 했거든요.

그리고 영정사진 찍으러 온 엄마가 행여 마음이 무거우실까 봐

사장님이 말씀도 일부러 재미나게 해주셨잖아요.

"우리 동네에서 미스코리아 나가는 아가씨들 프로필 사진은 내
가 다 찍었잖유.~

수영복도 여러 종류로 구비해 놓고 제일로 잘 어울리는 걸로 찍

없는디 아쉽게도 본선 진출을 못 했었쥬.”

우리 동네가 아니라 부여군 전체에서 역대 미스코리아를 나간 적이 없는데

엄마 긴장을 풀어드리려고 이런저런 농담을 하셨었잖아요.

내가 봐도 엄마가 마음이 심란하고 긴장을 한 것 같았어요.

누구나 영정사진을 찍는 데 그리 즐거울 리는 없겠지만

예전에 코미디언 서영춘 선생님 영정사진을 본 적이 있는데

희극인답게 떠나는 길의 영정사진도 익살스럽게 찍으셨어요.

떠나시는 날까지 조문하는 사람들에게 웃음을 주고 싶으셨나 보다 그런 생각이 들었는데, 나도 언젠가 영정사진을 찍을 때는

익살스럽진 않지만, 엄숙한 표정으로 찍지 말아야겠다고 생각했어요.

편안하게 웃으며 찍는 게 좋겠다고 생각했거든요.

그런데 엄마가 카메라 앞에 앉자마자 사진관 사장님이

“아드님!! 어머님 표정을 어떻게 찍어드릴까나, 아드님 생각을 말하면 그대로 찍어드릴게” 그러시더라고요.

사장님의 배려가 고맙기도 했고, 평소에 했던 생각도 있고 해서

“저는 엄니가 활짝 웃으시면 좋겠는데, 요즘 영정사진을 그렇게도 찍나요?” 했더니 사장님이 “나도 활짝 웃는 사진이 좋은디 어머

니가 어떻게 생각하실지 모르니께 여러 표정으로 여러 방 찍어 놓을 테니께, 며칠 있다가 어머니 모시고 사진관 나와서 사진 보면서 결정혀 봐." 그러시더라고요.

엄마는 사진기 앞에서 활짝 웃는 걸 어색해 하셨는데,
사장님이 돌잡이 돌 사진 찍듯이 캐스터네츠를 치기도 하고
삑삑 소리가 나는 인형을 들어 보이기도 하면서 애쓰시면서
엄마의 웃는 모습과 차분한 모습과 근엄한 모습과 여러 표정을
찍어주셨잖아요.
그날 저도 참 즐거웠어요.
마치 놀이동산에 가서 스티커 사진을 찍는 기분이었거든요.

그리고 며칠 후에 사진관 갈 때는
엄마 무릎이 아프시다고 해서 휠체어를 타고 갔잖아요. 터미널 앞에 있는 사진관까지 휠체어로 가도 20분이면 가는 가까운 거리였는데,
사진관에 가는 길에 길에서 엄마 친구분들도 만나서 길에서 이런저런 얘기를 나누셨는데
친구분이 어디 가는 길이냐고 물어보시는데

영정사진 찾으러 간다는 말씀을 끝내 안 하시길래

엄마 마음이 편치 않으신가 보다 생각이 들었어요.

사진관에 가서 여러 표정의 엄마 얼굴 중에

엄마도 웃는 표정이 마음에 든다고 하셨잖아요.

이게 왜 마음에 드냐고 여쭤보니까,

"엄마가 슬픈 표정이면 장례식장에서 아들이 더 슬플 거 아닌
감." 그러셨지요.

엄마는 끝까지 아들 생각을 하시는구나, 그런 생각도 들었지만
내가 하려다 안 한 말도 있어요.

"엄마 웃는 모습이 너무 고와서 더 슬플 것 같아 차라리 화난 모
습으로 찍을 걸 그랬나."

테레비 앞에 놓아둔 영정 사진에서 지금도 엄마는 환하게 웃고
계시네요.

엄마는 고맙다 했고 나는 안녕이라 했다

갓
지
은
슬
픔

갓 지은 밥을 입에 넣으면

밥이 몸에 들어오면

몸이 뜨듯하게 서서히 데워지는 게 느껴지듯이,

가슴 어디쯤 성냥을 그은 듯 유황 냄새가 올라오고

서서히 몸이 서서히 뜨거워져요.

밥은 입을 통해 몸 안으로 들어오는데

슬픔은 어떤 통로를 통해 몸 안으로 잠입해서 스며드는지 알 수
없어요.

이마를 통해서 들어오는 것 같기도 하고

상기도나 귀를 통해 흘러 들어온 것 같기도 해요.

일단 잠입한 슬픔이 내 몸 어느 장기에 기생을 하는지

어떤 호르몬의 숙주로 살아가는지 알 수는 없지만

갓 지은 슬픔은 갓 지은 밥보다 훨씬 뜨거워서

아무리 후후 불어대도 혀를 데이고 가슴을 쉽게 데이기도 해요.

갓 지은 슬픔은 생살에 소금을 뿌리는 듯해서
몸서리치게 쓰리고 뻘겋게 살갗이 벗겨지기도 해요.
갓 지은 밥은 서서히 식혀서 먹을 수 있지만
갓 지은 슬픔은 시간이 흐를수록 점점 뜨거워져서
도무지 식힐 수가 없다는 게 달라요.
냉각수로도 식힐 수 없는 원자로 같은 거죠.

병실에선 매일매일 갓 지은 슬픈 일들이 벌어져요.
밤사이에 병실 한편에 있던
전라도에서 오셨다는 할머니의 침대가 텅 비어 있어요.
낮에 가족들이 다녀갔고,
밤에 천국으로 떠나셨어요.
내일 낮이면 또 다른 할머니가 누워 계시고
또 누군가는 떠나실 테지요.
병실로 매일매일 갓 지은 슬픔이 스며들어요.

엄마는 고맙다 했고 나는 안녕이라 했다

맹장 같은 그리움

그리움은 날개가 없어서

한없이 추락하기도 하고

브레이크가 없어서

끝없이 달리기도 해요.

그리움은 어느 날 갑자기 후각으로 훅 들어오기도 하고

까칠하거나 맨질하거나 보드라운 촉감으로 오기도 하고

혀에 익숙했던 맛이 뇌로 갔다가

가슴으로 불시에 찾아오기도 해요.

그리움은 쓸데없는 맹장 같아요.

평상시엔 쓸모없이 그대로 있다가

그리움이 심하게 쌓이면 곪아 터지는 맹장 주머니 같아요.

보고 싶은 사람을 보고 있으면

눈앞에 보고 있으면서도 그리울까 봐 겁이 나요.

그리움은 예정에 없던 여행 같아서

어느 날 문득 잠에서 깨어났는데

그곳이 갑자기 너무나 가고 싶어서

혹독하게 그리울까 봐서

그리움은 미리 겁이 나요

보고 있어도 그리운 엄마.

황
혼

사람의 삶이 저물어가는 건

석양이나 노을처럼 아름답지 않아요.

황혼에 물들어 가는 하늘을 바라보는 건

얼마나 아름답던가요.

하지만 사위어가는 엄마의 황혼을 바라보는 건

석양을 입으로 삼키는 것처럼 뜨겁고 고통스러워요.

엄마 어디가 아파요?

내가 엄마에게 하는 말 중에 가장 많이 하는 말이에요.

하루를 더 살고 덜 살고는 중요하지 않아요.

아프지만 않으면 좋겠어요.

엄마가 고통스럽게 연명하는 걸 보고 있는 건

너무도 고통스러워요.

구로동 막내 이모님은 내게 수시로 전화하셔서

엄마를 위해서 매일 기도 한다고 하셔요.

나는 엄마의 쾌유를 비는 기도를 하신다는 걸로 알아들었는데

어제도 전화가 왔길래, 이모 오늘은 뭐라 기도했어요?

여쭤보니까

우리 언니 빨리 천국에 데려가 달라고 기도하셨다고 해요.

그동안에도 하루빨리 천국에 가라고 기도를 드렸었다고 해요.

생각해 보니 지금 엄마가 따뜻한 온기가 있는 몸으로 병상에 누

워계신 건 엄마를 위한 시간이 아니라

나를 위해서 엄마를 좀 더 만지고 온기를 느껴보라고

누워 계신 것이란 생각이 들었어요.

엄마가 오늘 당장 훌쩍 세상을 떠나도

내가 너무 슬퍼하지 않을 때까지

내가 좀 더 마음이 단단하게 채워질 때까지

엄마가 기다려주고 계시는 거였구나.

엄마는 어서 빨리 육신의 고통을 벗어나고 싶은데

아직 이별의 준비가 안 된 나를 위해서 기다려주고 계시는 거였

구나.

막내 이모는 그걸 알고 계시는 거였구나.

그런 생각이 들었어요.

지금 남아있는 시간은 엄마의 시간이 아니라 나를 위한 시간이었어요.

엄마는 내가 마음의 준비를 다 할 때까지

나를 위해서 마지막 남은 혼신의 힘으로 버티고 계신 거지요.

엄마!!

힘들지만 조금만 더 견뎌 주세요.

내가 좀 더 단단해지고 마음의 준비가 되면

내가 먼저 엄마 수고 하셨다고,

엄마 기다려 주셔서 고맙다고,

엄마 이제 잘 가시라고,

엄마 귀에 대고 말씀드릴게요.

제가 마지막 인사를 드릴 때까지는 힘들더라고

조금만 더 견뎌주세요. 엄마.

친애하는 아버지

엄마!!

오늘은 아버지의 기일입니다.

아버지가 세상을 떠나신 지 12년이 되었네요.

아버지가 떠나시고 내가 시골로 낙향하고 참 많은 게 변했어요.

나의 인생은 아버지의 생전과 그 후로 나뉘는 것 같아요.

<무엇이든 물어보세요>라는 TV 프로그램이 있었는데

나에게 아버지는 무엇이든 물어볼 수 있는 유일한 존재였었죠.

그래서 아버지의 부재가 더 힘들었어요.

지금도 여전히 몸 안에서 뭔가 하나가 쑥 빠져나간 것처럼

허전하고 텅 비어 있는 것 같은 상실감이 가장 커요.

뭔가 중요한 결정을 해야 할 때마다 아버지와 상의하곤 했는데

아버지가 떠나신 후에는 모든 걸 혼자 결정하는 법을 익히기 시

작했어요.

오랫동안 아버지의 전화번호를 지우지 못하고 저장하고 있었는데 세상이 헷갈릴 때마다 전화를 해서 묻고 싶었던 게 많았어요.

엄마는 내가 한 결정을 언제나 지지해 주셨고
아버지는 내가 결정을 할 수 있도록 조언을 해주셨죠.
두 분의 존재 자체가 내 인생의 큰 응원이었고 큰 축복이었어요.
다정했던 아버지가 떠나신 지 12년이 되었고
다정하신 엄마는 12년 전의 아버지처럼 병실에 누워 계셔요.
엄마는 오늘이 아버지의 기일인지도 모르시지요.
어쩔 땐 나를 못 알아보기도 하시지요.
한평생을 참 다정하게 사셨던 두 분이신데
세월은 참 냉정하고 무심하네요.

아버지가 떠나시고 엄마와 함께 의지하고 지낸 10년은 잊을 수 없는 나날들이었는데
엄마가 병실에 누워있는 요즘은 하루하루가 우울해요.
그래도 하루하루를 살아가야겠죠.
언젠가 엄마도 아버지를 따라가시고 나도 엄마를 따라 가면

어느 하늘 아래든

어느 하늘 위든

우리가 다시 만날 날도 있겠지요.

내가 늘 하늘에 계신 아버지께 이 말씀을 드려요.

아버지 !!

엄마는 걱정하지 마세요.

아버지가 떠나시던 그날처럼

엄마가 떠나실 때도 내가 손을 잡고 있을 테니까요.

아버지가 평안에 이르렀기를 항상 기원합니다.

친애하는 아버지

엄마가 찾아가시면 잘 돌봐주세요.

유언

예전에 아버지가 중환자실에 계시다가

일반 병실로 올라오셨을 때, 자꾸 무지갯빛이 보인다고 하셨어요.

독한 주사를 많이 맞아서 섬망 증세가 나타나는가 했었는데

저를 지그시 바라보시면서 "미완성이 완성이다. 그동안 수고 많았다." 혼잣말처럼 그런 말씀을 하셨어요.

그때는 몰랐는데 그게 아버지의 유언 이셨던 것 같아요.

그게 어떤 의미로 말씀하신 건지, 무슨 말씀인지 구체적으로 알지는 못하겠지만

인생은 누구나 완벽하게 살아낼 수는 없고

누구나 미완성의 인생을 살고 가지만

'인생은 미완성이 곧 완성이다'라는 말로 이해했어요.

아버지는 당신이 그렇게 빨리 가실 줄을 모르셨기에

주변 정리도 못 하셨으니

유언을 미리 준비하셨을 것 같진 않아요.

병실 생활이 길어지면서 인생의 허무함이나 혼자 떠나야 하는 적막함과 체념을 그렇게 말씀하셨던 것 같아요.

엄마는 유언이 있나요?
나에게 해주고 싶은 유언이 있는데
혀가 굳고 생각이 흐리셔서 못 하고 계시면 얼마나 안타까울까요.
그래도 나는 엄마가 나를 알아봐 주시는 것만으로도
너무나 고맙고 감사해요.
지금 엄마와 함께 집중 케어 병실에 계신 환자분들은
아무도 유언을 하지 못하셔요.
상태가 그만큼 위중하신 환자분들이라서
대화를 나누거나 자식들을 알아보거나 하는 정도의 인지력도 힘든 분들이에요.

비행기를 타고 여행을 가보면
나의 가방이 컨베이어 벨트를 타고 나오잖아요.
우리 병실의 환자분들은
컨베이어 벨트 앞에서 여행 가방을 기다리는 여행객 같아요.
당신의 차례가 오면

당신이 평생 들고 다닌 인생 보따리를 들고 홀연히 떠나겠지요.
그러니 유언을 할 틈도 없어요.

시인 중에 김용택 시인이라고 있어요.
섬진강 강가에서 초등학교 교사를 하며 시를 쓰시는 분인데요,
평생 농사를 지으며 사신 시인의 아버지가 돌아가실 때 이런 유
언을 했대요.
엄마가 평생 동안 아궁이에 군불 때느라 고생했으니, 나 죽거든
꼭 연탄보일러를 놔서 엄마 수고를 덜어드리라고 유언을 했대요.

유언이 지켜졌는지는 잘 모르겠지만
유언 중에 참 아름다운 유언 같다는 생각이 들었어요.
이 유언만으로도 아버지가 엄마를 참 사랑하셨구나,
아버지가 참 착한 농부셨겠구나,
모든 걸 알 수 있을 것 같아요.
이처럼 유언은 생활 밀착형 유언이 좋은 것 같아요.

엄마는 유언을 못 하시겠지만 만약에 유언을 하신다면 어떤 유
언을 하실까요?

내 생각엔 아버지가 말씀하신 것처럼

"수고했다." 하실 것 같아요.

"진태야 수고 많았다." 그렇게 말씀하실 것 같아요.

엄마가 식사를 마치면 내가 늘

"엄마 식사하시느라 수고 많았어요." 그랬던 것처럼요.

임종 면회

밤늦게나 새벽에 오는 전화는 불길해요.

낭보는 주로 해맑은 시간에 오지만

비보는 늦은 밤이나 이른 새벽

무방비한 상태일 때 주로 와요.

오늘 새벽 5시 50분에 전화벨이 울리고

핸드폰에 간호사실이라고 뜨자마자,

가슴이 쿵 내려앉았어요.

"이른 아침에 죄송합니다. 윤희병 환자 아드님이시죠?"로 시작

되는 통상적인 말들은 아무것도 들리지 않고

　이런 용무의 전화는 두괄식으로 결론을 먼저 말하게

　매뉴얼을 만들어야 할 것 같다는 생각이 들었어요.

　용건은 엄마가 위독하시니 오늘 가족들이

　임종 면회를 오시라는 전화였어요.

'임종'이란 아픈 단어와 '면회'라는 반가운 단어가 이렇게 조합이

되니 빨강과 파랑이 만나서 보라가 되는 것처럼

전혀 다른 색깔이고 전혀 다른 느낌의 단어가 되었어요.

'임종 면회'라는 말은 가슴에서 입 밖으로 나오면 공기 중에 떠다니지 않고

드라이아이스처럼 무겁게 바닥으로 가라앉아서 한없이 아래로 아래로 흘러가요.

'임종 면회'라는 말은 한없이 무겁고 한없이 차가워요.

간호사실에서는 가족들에게 임종 면회를 오시라는 말을 전해달라고 하셨지만

나는 임종이란 말은 전하지 않았어요.

"주말인데 엄마 보러 면회 오세요"라고만 전달했어요.

엄마 옆 칸 침대의 할머니도 가족들이 얼마 전에 임종 면회를 와서 이미 돌아가신 것처럼 통곡을 하고 가셨지만,

아직도 살아 계시잖아요.

임종은 강을 건너는 징검다리 같아서 누구도 피해 갈 수 없어요.

누구나 한발 한발 징검다리를 건너서

이승의 강을 건너야 해요.

때가 와서 강을 건너실 때면 그때 신발이 하나도 젖지 않게

사뿐사뿐 가볍게 징검다리를 건너가시면 돼요.

엄마는 밥을 맛있게 드시고 나면

"아! 맛있게 먹었다. 배가 불러서 더는 못 먹겠어."

하면서 숟가락을 내려놓으시잖아요.

밥상을 물릴 때처럼 인생이란 밥상을 물릴 때도

"아! 한평생 참 잘 살았다. 이만하면 잘 살았어."

하면서 숨을 내려놓을 수 있으면 좋겠어요.

그렇게 원 없이 인생의 밥상을 물릴 수 있으면 좋겠어요.

다
음
생

이번 생에 내가 엄마의 아들로 태어났듯이

다음 생에는 엄마가 나의 딸로 태어나면 좋겠어요.

외할아버지께서 엄마에게 다정하셨듯이

나도 엄마의 다정한 아빠가 될 수 있을 것 같아요.

외할아버지가 그러셨듯이

봄이 오면 예쁜 운동화도 신겨드리겠어요.

여름이면 맨드라미가 피어나는 마당 한편에서

콩물을 갈아서 콩국수도 말아 먹고요.

여름의 끝에는 잠자리 떼를 쫓아서

진종일 들판을 달려 다니다가 팔베개하고 스르르 잠이 들면

살짝살짝 코를 골 때 입에서 과일이 익어가는 단내가 나기도 하

겠지요.

개천의 끝쯤으로 가을이 떠내려오면

종이배를 접는 법도 가르쳐 드릴게요.

엄마는 손재주가 좋아서 금방도 따라 하시겠지요.

겨울이 오고 거룩한 성탄절이 다가오면
얌전한 엄마는 교회 오빠들과 함께 새벽 송을 돌기도 하겠고요,
단정한 귀 밑머리 위로 송이송이 눈이 내리면
문득 집 밖으로 떠나고 싶은 사춘기의 열병을 앓기도 하겠지요.
엄마가 늘 아버지가 잘생겨서 좋아하셨다고 말씀하셨듯이
어느 날 잘생긴 총각을 문득 집으로 데리고 오면
내가 반갑게 맞아서 가족이 함께 빙 둘러앉아
따끈하게 먹을 수 있는
평안도식 어복쟁반을 만들어 드릴게요.

겨울이면 엄마가 시원하고 얼큰한 동태탕을 끓여주셨듯이
다음 생에는 내가 해드리겠어요.
이번 생에 끝내 못 배웠다고 아쉬워하신 자전거도 가르쳐 드리
고요.

이번 생에 안고 살아온 시름들과 아픔들과 깊은 병이
엄마를 범접하지 못하도록 엄마의 정원에 벽돌을 쌓아둘게요.

엄마는 이번 생에 너무 가녀린 나뭇잎 같았어요.

세월의 물결은 세차고 엄마는 세찬 물결을 독하게 물리칠 수 없을 만큼 착했지요.

다음 생은 엄마의 생을 살아보세요.

엄마가 걷는 가파른 계단에 내가 먼저 올라서 내가 손을 잡아드릴게요.

이번 생에 엄마가 나를 지극히 아껴주셨듯이

다음 생은 제가 엄마를 극진히 사랑하겠어요.

그러니 엄마,

다음 생에는 엄마가 나의 딸로 태어나 주세요.

채
비

오랫동안 장롱 위에 얹어 놓았던

지상에서의 마지막 옷 한 벌을 꺼내 봅니다.

20여 년도 훨씬 전에 엄마 아버지

칠순 즈음에 원고료를 쪼개서 해드린 옷입니다.

아버지가 먼저 입고 떠나셨고

이제 엄마의 옷 한 벌만 남았는데

엄마도 세상에서의 마지막 외출복을

입으실 때가 임박한 듯합니다.

엄마의 외출복에

고슬고슬한 햇볕 냄새가 담뿍 배도록

햇볕에 한참 내어 널어 봅니다.

"살에 닿는 감촉이 참 좋다야.~"

그러실 것만 같습니다.

하루를 더 살고 가시더라도

한 달을 더 살고 가시더라도

엄마가 떠나시기 전에

내가 해드릴 수 있는 게 이제 옷 한 벌 뿐이네요.

이왕이면 엄마가 좋아하는

꽃가라나 땡땡이 무늬처럼 화사하면 더 좋을 텐데요.

맘에 쏙 들진 않으시겠지만

오늘도 햇볕에 뽀송뽀송하게 내어 걸어 봅니다.

꽃다운 엄마

꽃은

향기가 난다고, 아름답다고

스스로

말하지 않아도

보는 사람들이 아름답다 말하고

향기가 난다고 말해요.

꽃 같았고 꽃다운 엄마

잘 가요.

천국에 이르시면

아버지랑 형님도 만나보시고

외할아버지랑

외할머니 김마리아도 만나보세요.

천국에 이르시면

나비의 날개나 능소화 꽃잎에

꾹꾹 눌러쓰셔서

날마다 아들에게 편지를 보내주세요.

엄마의 아들로 60년을

살 수 있어서 참 행복했다는 말

꼭 해드리고 싶어요.

바다 같고 강물 같고

꽃 같았던 엄마

안녕!!

윤희병 선생님은

2024년 8월 17일 아침 6시 40분에

낙원에서 천국으로 떠나셨습니다.

닫는 편지

매일 오후 3시에 문병을 갑니다.
말 그대로 병을 물으러 갑니다.
"엄마 많이 아파요?" 물으러 갑니다.
엄마가 풀잎처럼 고개를 끄덕입니다.

오후 네 시가 되면 경관식 피딩 식사를 합니다.
콧줄로 주입하는 것이니 드신다는 표현이 맞는지 모르겠지만
맛있게 드시라는 표현은 적절치 않지만
달리 드릴 말이 없어서 엄마 귀에 대고
"엄마!! 저녁 맛있게 드셔요." 합니다.
그러면 엄마가 또 풀잎처럼 고개를 끄덕입니다.

식사를 마치는 걸 보고 나면
또 하루를 살아내신 안도감이 듭니다.
희미한 눈동자로 나를 봐주는 그것만으로도 위로가 됩니다.

엄마는 고맙다 했고 나는 안녕이라 했다

오늘 다 하지 못하는 말들은 내일 3시에 다시 합니다.

내일도 "엄마 많이 아파요?" 묻는 게 전부이긴 합니다.

묻기는 하지만 언어로 표현할 수 없는 것들이 있습니다.

이 세상의 모든 글이나 친절하고 화려한 모든 말들로 도달할 수 없는 게 있습니다.

어떻게 글과 말만으로 세상 모든 것의 끝과 모든 것의 바닥에 도달할 수 있겠어요.

어떤 사물의 안과 밖의 틈새나 껍질과 알갱이의 사이, 물과 얼음의 틈이거나

나도 모르는 사이에 벌어진 전두엽과 심장 사이의 간극은

그 무엇으로도 도달할 수가 없어요.

그 누구도 도달할 수 없는 끝과 끝에서

한번 빠지면 빠져나올 수 없는 혹독한 빙하의 크레바스처럼

위태했던 삶의 틈새에서 차가운 내 손을 잡아주신 어머니께

이 편지를 보냅니다.

다음 생엔 내 딸로 태어나 주세요.

고마웠어요. 엄마.

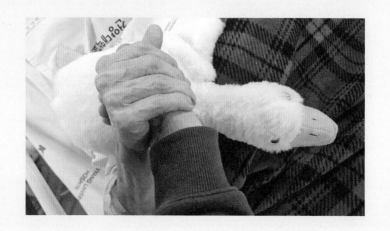

엄마는 고맙다 했고 나는 안녕이라 했다

**엄마는 고맙다 했고
나는 안녕이라 했다**

ⓒ 김진태 2024

초판 1쇄 인쇄 2024년 10월 8일
초판 1쇄 발행 2024년 10월 18일

지은이 김진태
펴낸이 김진태

책임편집 서남희
표지 디자인 김지혜 **본문 디자인** 최아영
마케팅 박종범
모니터링 서영오 유병민 강채리 김태연
인쇄제본 넥스트프린팅

펴낸곳 The 작업실
출판등록 제2022-000011호
전화 02-2294-9036
팩스 0303-3442-1212
전자우편 jakupsil2020@naver.com
인스타 @jakupsil2020

ISBN 979-11-980027-6-1 03810